スプーの日記 3
地下鉄の精霊

なかひら まい
作・絵
STUDIO M.O.G. 監修

Spoo's Diary 3

プロローグ

　あるところに、誰も知らない小さな国の小さな町があった。この国ではある日突然、キャベツがとれなくなるという奇妙な現象が起こった。やがて国じゅうのキャベツが絶滅してしまった。
　その町に、スプーという子が住んでいた。スプーは、たった1人で魔術の修行をしていた。
　スプーは、死者の森で死んだおばあちゃんと会い、おばあちゃんからもらったものを、ある土地に埋めた。するとそこからキャベツの芽が生え、絶滅したはずのキャベツが復活した。町の人たちは、それを「ミラクル・キャベツ」と呼んだ。
　キャベツ復活のニュースは国じゅうに知れ渡り、学者やマスコミが小さな町に押し寄せた。町は急に浮き足だった。そのうちミラクル・キャベツを利用して、お金儲けを企む人々も現れた。町は、次第に黒い欲望に包まれていった。

スプーは、町の人たちの暴走を止めるために黒魔術を使った。ところがそのせいで、スプーは小さな町を出て行くはめになってしまった……。

　みなさんが手に取っている『スプーの日記３〜地下鉄の精霊〜』は、スプーが書いた３冊目の日記です。小さな町を出て行ったスプーの、その後を描いています。さまよえるスプーの身に、何が起こったのでしょうか？　果たしてスプーは再生できるのでしょうか？
　スプーはこの日記でも、１日で書ききれなかったことを、何日かに分けて書いています。それでは、みなさん、スプーの摩訶不思議な日記のページを開いてください。

スプーの日記3

地下鉄の精霊

September

9月　都会の秘密

9月1日
日記を再開

　もう一度日記を書いてみようと思うようになるまで、少し時間がかかってしまった。

　わたしは小さな町を出てから、いくつも大きな街を越え、大都会にやって来た。やって来たというより、逃げてきた、と言った方が正しいかもしれない。

　わたしは長い時間、電車に乗って、ようやくこの街までたどり着いた。電車の窓から外を見ると、遠くまで灰色の建物でいっぱいだった。終点に近づくにつれ、空や川までが灰色に見えた。

　大都会は身を隠すには都合がいい。短期間のアルバイトもたくさんある。

　人影は、今でもわたしのまわりをうろついている。何度振り払おうとしても、もっと魔術の修行をするように、しつこく言ってくる。もちろんわたしは、人影の話に耳をかすつもりはない。

９月２日
月が見えない

　ここに来て間もないころ、わたしは、２４時間営業のカフェや郊外の安ホテルを転々としていた。アルバイトは、短期間のワゴンセールとか掃除といった仕事ばかりしていた。人影は、占いでもやって儲ければいいと何度も言った。でも、わたしは、魔術から少しでも遠ざかりたかった。

　どうしても泊まる所が見つからなかった、ある日のこと。その日、外は大雨だったので、何時間も地下鉄に揺られて時間を潰した。

　わたしはある駅で電車を降りて、ボンヤリしていた。そのうちに電気が消えて、ホームは真っ暗になった。終電の時間がすぎたのだ。わたしは、駅員に見つからなかったのをいいことに、真っ暗なホームで一夜を過ごした。

　地下にいると、気分が落ちついた。地下では月が見えないからだ。

　わたしは、それからというもの、たびたび駅員の目を盗んで、真夜中のホームに潜り込むようになった。

9月3日
地下鉄の幽霊
　ある日のこと。わたしは、古びた地下鉄の駅に忍び込み、ホームの売店の陰に隠れた。年老いた駅員が、コツコツと足音を響かせながら、通り過ぎていった。駅員は、わたしに気づかず、電気を消した。
　わたしは売店の前にしゃがんでいた。すると向こうの方から、ぼやっとした白い行列が、暗い線路を歩いて来るのが見えた。それは、ぼんやりした、幽霊のようなものだった。列は次第に近づいて、わたしの目の前を通り過ぎた。マントのようなものをはおっている幽霊や、帽子をかぶっている幽霊がいた。幽霊の行列は、線路の奥へ吸い込まれるように消えていった。
　わたしはそれから、何度も真っ暗なホームを訪れた。幽霊は、出ることもあれば出ないこともあった。

9月4日
都市伝説

　わたしは、決まった仕事をしたり、アパートを借りたりする気にはなれなかった。小さな町を出てから、頭が空っぽになってしまった。１日限りのバイトをして、安宿や２４時間営業のカフェで寝泊まりして過ごした。だけど、困ることは何もなかった。大都会にはモノが溢れていた。食べものもシャワーも、コイン１枚ですんだ。

　ある朝、ファストフードの店で、うすいコーヒーを飲んでいたときのこと。出勤前のＯＬたちが、後ろの席で朝ご飯を食べながら、おしゃべりしていた。

「ねえ、あそこの会社、どうなるのかしら。」
「さあ、もう再建は無理じゃない？」
「社員同士で足の引っ張り合いばかりしてうんざりだわ。」
「みんな辞めていくのも当然ね。」
「おかしな霊に取り憑かれているっていう話も聞いたわ。」
「地下に化けものがいるっていう噂があるでしょ。」
「知ってる。」
「あの会社が入っているビル、地下鉄とつながってるの、知ってた？」
「一等地のビルだもの。すぐ地下鉄に乗れて便利なのよ。」
「そういうビルにオフィスを構える会社は危ないのよ。最初は儲かっても、そのうち化けものに取り憑かれて……。」
「だんだんおかしくなっていくのね。怖い！」

　会社のトラブルと化けものの噂が一緒になって、奇妙な怪談になっていた。人影は、これは都会によくある「都市伝説」だと言った。

9月5日
地下鉄の横穴

　あれは、1日限定のワゴンセールのバイトをした日だった。夜が更けると、わたしは地下鉄の駅に向かった。ファッションビルが立ち並ぶ大きな駅だった。ホームは長く、どこまでもつづいているようだった。しばらくすると終電の時間になり、ホームの電気が消えた。

　暗いホームで息を潜めていると、ふいにあの幽霊たちが現われた。マントのようなものをはおっている幽霊や、大きな荷物を持っている幽霊がいた。幽霊たちは線路のずっと先まで、列をなして歩いていた。いつもより人数が多かった。わたしはホームから幽霊たちをながめていた。

　そのうちに先頭を歩いていた幽霊が、左側の線路の壁に吸い込まれるように消えてしまった。

「行ってみようぜ。」

　人影がそう言う前に、わたしはホームの端の階段を下りていた。

　よく見ると、遠くにちらちらと明かりが見えていた。ボソボソと話し声も聞こえた。幽霊にしては、少し様子が変だった。わたしはそっと列の後について行った。しばらく歩くと、壁に横穴が空いているのが見えた。横穴の入り口には、懐中電灯を持った幽霊が立っていた。幽霊は、1人ずつ横穴へと吸い込まれていった。いよいよわたしの番になった。

「これで最後ですね。」

　幽霊がわたしに言った。

「はい。」

わたしはそのとき、とっさにそう答えた。
　彼らは幽霊ではなかった。都市伝説の化けものでもなかった。彼らは普通の人間だった。
　それ以来、わたしは彼らとこの街の地下で暮らしている。

9月6日
地下の住人

　横穴は、線路の壁をくり抜くようにして、ずっと向こうまでつづいていた。
　壁は、レンガの上にコンクリートで補強されているようだった。ときどきコンクリートがひび割れて、古いレンガが顔を出していた。天井は丸く、何とか人が立って歩けるぐらいの高さだ。床の幅は、3、4メートルといったところだ。
　数メートルおきに、人が寝袋や毛布にくるまって寝ていた。木片でできた小屋もあった。懐中電灯の光が、暗闇の中でところどころ光っていた。
　横穴では、みんな思い思いの寝床でくつろいでいた。マントと見えたものは、毛布だった。ボロボロの服を着ている人が多かった。わたしが適当な場所で休んでいても、誰にも咎められなかった。
　地下では、どこからともなく期限切れのパンや缶ジュースがまわってきた。大都会では食べものがあり余っているのだ。だからあまりアルバイトをしなくても、とりあえず生きていくことができた。

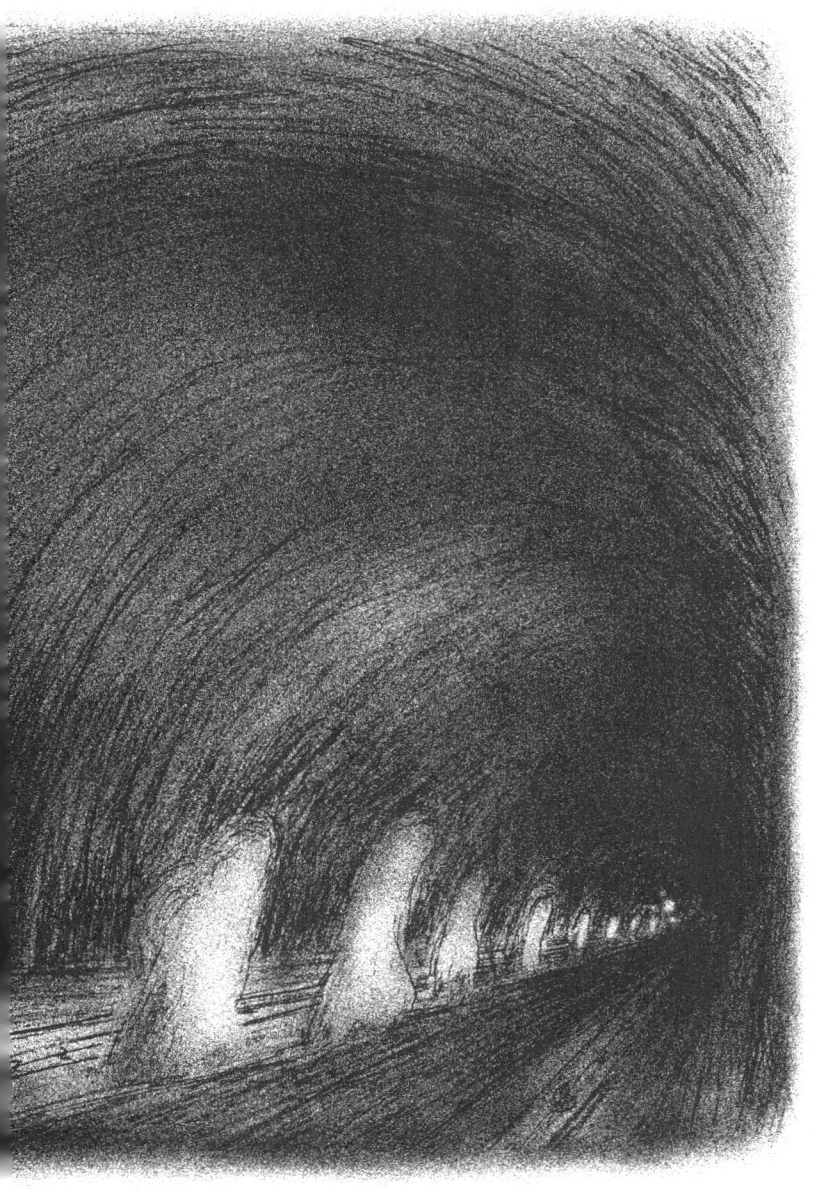

9月7日
隣りのおじいさん
　地下にやって来て3週間くらいたったころのこと。自分の寝床にいると、ふと視線を感じた。振り向くと、隣りの寝床で暮らしているおじいさんが、じっとこちらを見つめていた。おじいさんは、わたしが持っていたペットボトルのミネラルウォーターが気になっているようだった。わたしはペットボトルを、おじいさんに差し出した。
　おじいさんはあっという間にそれを飲み干した。
「おいしかった、ありがとう。」
「どういたしまして。」
　それが、地下の住人と交わした初めての会話だった。

9月8日
地下の秘密

　わたしは、次第に隣りのおじいさんと話をするようになった。

　そのうちおじいさんは、地下で暮らしていくコツを教えてくれるようになった。水道の場所とか、電車が動いている時間にうまく外に出る方法とか、いろんなことを教えてくれた。

「下では、自分が知っているルート以外は、通らない方がいい。迷うと大変なことになる。」

　おじいさんは、地下のことを「下」、地上のことを「上」と呼んでいた。地下の横穴は、縦横無尽に線路から線路へと複雑に繋がっていて、その全体像を知る人は誰もいないという。

「下の全体像なんて千年前に戻らない限り、わかる奴なんぞおらんよ。この地下はカタコンベの跡だからな。」

　おじいさんはそう言った。カタコンベとは、古代の地下墓地のことだ。

9月9日
カタコンベ

　ヨーロッパには、たくさんのカタコンベがあることは、よく知られている。しかしこの街にもカタコンベ跡があったなんて、思いもしなかった。

　おじいさんが言うには、戦争の時代には、カタコンベの一部は、政治家や軍人専用の秘密の防空壕に改造されたそうだ。その後、コンクリートで固めて、地下鉄を作ったという。ところが表向きは、一から地下を掘って地下鉄を作ったことになっていた。多額の工事費用は、有力者の懐に入ってしまった。そしてカタコンベの存在は隠された。
「地下鉄の職員が、下の住民に気づいていないわけはないじゃろ。ところが誰もわしらを捕まえようとはしない。マスコミも記事を書かない。カタコンベの存在を世間に知られては困る輩が、裏で動いているからじゃ。」

　おじいさんの言うことをすべて信じることは、できなかった。けれど言われてみれば、警察がここにやって来たことは一度もなかった。

9月10日
地下の住所

　おじいさんからいろいろ話を聞いても、まだまだ地下は謎だらけだった。たとえば、誰がどうやってパンやジュースを運んでくるのか、いまだにわからない。

　そういえば、今日、バイトから戻ってくると、中年の女の人が近づいてきて、わたしにメモを手渡した。
「あなたも、そろそろ住所を持っていいころね。」
　わたしは、首をかしげた。住所を持つって何のことだろう。メモを開いてみると、町名と番地が記されていた。
「この住所は、役所に登録されているの。上で就職したり、仕事をはじめたいときは、この住所を履歴書に書けばいいわ。自分のオフィスや店舗を借りるときも、この住所を不動産屋に伝えてちょうだい。万事、うまく行くわ。」
　女の人は、そう言うと、すぐにどこかに行ってしまった。
「この街にチャーム・ストアを開いて、タリズマンでひと儲けするか。」
　人影がそう言って笑った。

9月11日
騒音の中

　わたしは時々、騒音だらけの街を歩いて、気を紛らわしている。ここには、見たこともないものがたくさんある。全面ガラス張りのビルとか、高級な洋服屋とか、街路のカフェとか、そんなものだ。

　今では、修行の成果はほとんど消えてしまった。それでも人混みの中にいると、街全体がうすいモヤモヤに包まれているのがわかる。モヤモヤは空気の中に溶け込んで、街全体が淀んでいるかのようだった。

9月12日
大都会のチャーム・ストア

　今日は大きな繁華街を歩いた。そこには、新しいビルがたくさん建っていた。ビルのインテリアは最新のデザインで埋め尽くされていた。どこもかしこもピカピカのガラスでいっぱいだった。
　ピカピカのビルに入ると、占いのブースがたくさんあった。
「都会でも魔術は大流行だな。」
　人影が言った。
　占いブースの横では、まじないグッズが売られていた。きちんとしたものもあれば、おもちゃのような商品もあった。まるでチャーム・ストアのようだ。
「ここのブースをひとつ借りて、商売をはじめようぜ。本物のすごさを見せたら、みんな腰を抜かすぞ。」
　人影は嬉々としていた。
　魔術の仕事なんかに手を出したら、下の人たちに迷惑をかけるに決まっている。得体の知れない悪霊を、下に呼び込んでしまうかもしれない。
「君から魔術をとったら、一体何が残るんだい？」
　人影はそう言った。

9月13日
夜の虫

　横穴の夜は、墨を塗りたくったように、のっぺりとしている。星もないし、虫の鳴き声も聞こえない。だけど時々、トンネルのような丸い天井や朽ちかけた壁に、目には見えない虫を見ることがある。ベタベタ濡れているような感触の虫たちだ。

　まだ未練がましく流木の杖を持っているから、こんなものが見えてしまうのだろうか。

9月14日
小さな町の記憶

　今でもときどき、おかあさんや森のドルメンやキャベツの記憶が、頭の中を駆けめぐる。
「黒魔術を使ってしまったのはまずかったけど、最悪の事態は防いだ。そうでもしないと、おかあさんの悪事は止められなかった。あのときは、ああするしかなかった。もう終わったことだ。」
　わたしはいまだに、同じことばかりぐるぐる考えている。

9月15日
都会の謎

　今日は、パソコンが好きなだけ使えるカフェに行った。

　調べたのは、わたしが住んでいる地下のことだ。インターネットには、地下の住人のことは一切書かれていなかった。そのかわり、あのOLたちが話していた化けもののことは、たくさんのサイトで話題になっていた。

　しかし、どれだけ情報が溢れていても、本当のことはわからない。都会というのは、そういうところなのかもしれない。

9月16日
マーケット街の聖堂

　今日はマーケット街まで、安い食料を買い出しに出かけた。中心のオフィス街や繁華街を少し外れると、わたしが暮らしていた町よりもずっと安くて欲しい物が手に入る。地下では、調理ができないので、すぐに食べられるシリアルとか缶詰とか、そんなものばかりを買い込んだ。

　マーケット街の中に、突然、聖堂が現われた。聖堂のまわりには、都会とは思えないぐらい大きな木が茂っていた。もしかしたら、精霊の類がいたのかもしれないが、わたしには何も見えなかった。

9月17日
騒動

　わたしは、乾電池で光るランプを灯して本を読んでいた。
　たぶん、夕方ごろだったと思う。遠くの方から男の人が走ってきた。「助けてくれ！」と、叫んでいた。どうも上の人間のようだった。わたしにも、上の人間と下の人間の区別がつくようになっていた。
　２人組の男たちが、侵入者を取り押さえた。２人のうちの１人が、男の後頭部を殴りつけた。殴られた男はあっという間に気を失った。
　隣りにいるいつものおじいさんが、男が手に持っていたカメラを取り上げ、慣れた手つきでデータを消した。
　そのあと男は、あっという間に２人組に担ぎ出されていった。まるで刑事ドラマを見ているようだった。
「何かあった時は、みんなで協力しあって防ぐのさ。まあ、あの男がここの写真をどこかで公開しようものなら、命を取られることになるじゃろうがな。」
　おじいさんは、そう言って笑った。
　地下は一年中なま暖かくて暗くて、じめじめしている。添加物入りの食料しかないし、たまにこうやって侵入者が安全を脅かすこともある。地下の暮らしは嫌なことの方が多い。だけどたまに、下の人たちは上の人たちよりも、幸せなのではないかと思うことがある。

9月18日
山羊の夢

　おかしな夢を見た。

　石でできた山羊の彫刻が横たわっている。触ってみると、山羊が目を覚まして動き出した。そのときはじめて、山羊が石の彫刻ではなく、生きていることに気がついた。山羊は、起きあがってどこかへ行ってしまった。わたしはそこで目が覚めた。

9月19日
おじいさんと杖

　隣りのおじいさんは、あまり上に出ることがない。きっと遠くまで行くのはしんどいのだろう。わたしはふと思い立って、おじいさんに何か欲しいものはないかと聞いてみた。おじいさんにはいつも、いろいろなことを教えてもらっている。たまには何かしてあげたい。するとおじいさんは、照れくさそうにつぶやいた。
「杖があると助かるんじゃが……。」
　わたしは「ちょっと待って」と言うと、自分の寝床に戻って流木の杖を取り出した。しかしこれでは、丈が足りない。魔法の杖が、歩くための杖の代わりになるはずもない。
　わたしは、どこかで杖を手に入れようと考えた。おじいさんに、必ず杖を探してくると約束した。

9月20日
小さな男の子

　わたしはおじいさんの杖を探して、遠くのマーケット街まで出かけた。安売りマーケットをいくつも探したけど、杖は見つからなかった。気がついたら、とっぷりと日が暮れていた。

　わたしは疲れたので、夜になるまで駅の近くにある公園の噴水で休んだ。終電の時間になったら、あの行列に並んで横穴に帰ることにしよう。それが一番安全に、横穴に帰る方法なのだ。

　深夜になってから、わたしは地下鉄へと降りていった。ホームの端の階段を降りようとしたとき、何かが目の前をすごいスピードで通り過ぎていった。それは、半透明の巨大な蛇のように見えた。蛇の後ろを、豪華な皮のコートを着たおじいさんが、空中を飛びながら追いかけていた。このおじいさんには前にどこかで会ったような気がするのだが、よく思い出せなかった。おじいさんは、わたしに気がつくと、空中で止まってこちらを見た。
「おじいさん、あれは何ですか？」
　わたしは、蛇が通った先を見てそう言った。
「オレはじいさんじゃないよ。」
　目の前にはおじいさんではなく、小さな男の子が立っていた。
「君にはあれが見えたの？」
　男の子が怪訝(けげん)な顔をしてそう言った。わたしは蛇のようなものが見えたと答えた。すると男の子は驚いた顔をして、こっちへおいでと手招きした。

9月21日
知らない横穴

　男の子は、わたしが住んでいる横穴を通り越し、線路をどんどん歩いて行った。駅を２つも通りすぎると、男の子はようやく立ち止まった。暗がりの中でわたしの手を引き、横に曲がった。そこには、別の横穴があった。

　それは、わたしの知らない横穴だった。この闇の中では道に迷ってしまいそうだ。わたしは帰り道が心配になった。
「大丈夫、送ってあげるから。」

　男の子は、そう言った。わたしは驚いてしまった。この子はもしかしたら、わたしのおばあちゃんのように、人の心が読めるのかもしれない。

　男の子は、自分の寝床までわたしを連れて行った。男の子が大きな懐中電灯をつけると、段ボールや板で作ったお城のような家が浮かび上がった。まるで空き地に作った秘密基地のようだった。

　男の子は、段ボールの家の中から、何枚かのスケッチを取り出した。スケッチには、大きな口を開けた細長いお化けの絵が、たよりない線で描かれていた。
「みんなは化けものを見ると死ぬって言う。だけどボクは、なんともないんだ。」

　懐中電灯の明かりの中で見ると、その子は１０歳前後ぐらいの、まだあどけない男の子だった。

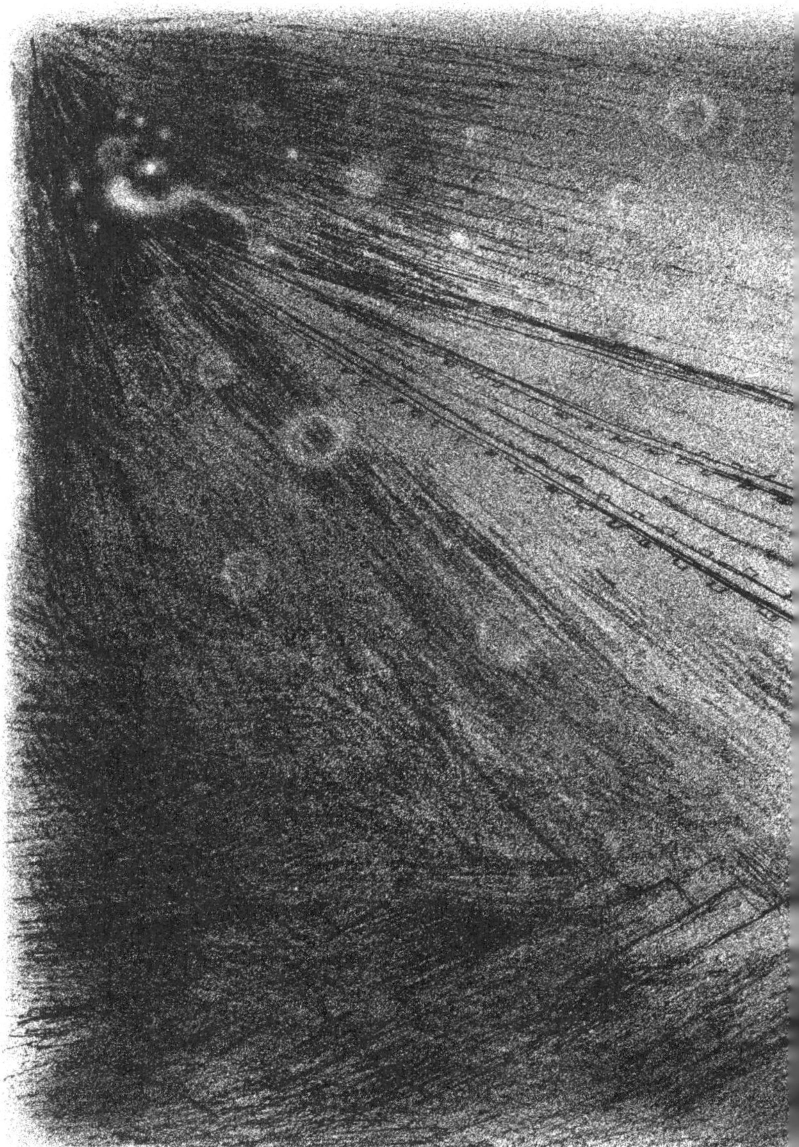

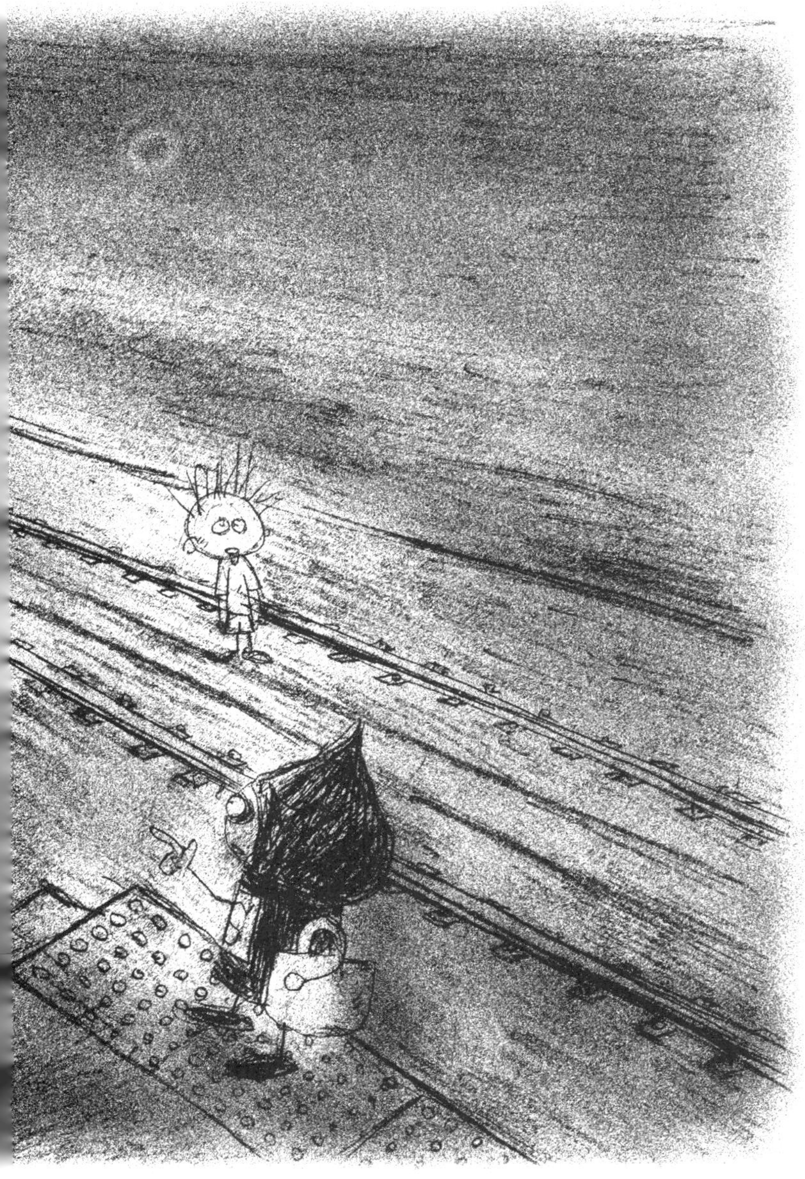

9月22日
リム君

「ボクの名前はリム。君の名は？」
「わたしはスプー。はじめまして。」
　下に来てから、はじめて人に自己紹介をした。
　わたしは、しばらくリム君と話をした。わたしは「上で流れている化けものの都市伝説は本当なの？」と、たずねた。
「本当だよ。ここの人たちは、みんなあれを怖がっている。」
　リム君は、真顔でそう言った。
　リム君は、自分以外に化けものが見える人は、わたしが初めてだと言った。自分は他人と違っておかしいのかもしれないと感じていたという。リム君は、うれしそうな顔をしてわたしを見ていた。
　わたしは思い切って、リム君に人の心が読めるのか、とたずねた。
「ときどきね。でも、他人の本心が見えると、とても辛いんだ。本当は見たくないんだけど、ときどき見えてしまうんだ。」
　リム君はそう言うと、憂鬱そうな顔をした。わたしは、それ以上何もたずねなかった。
　リム君は、しばらくすると眠ってしまった。翌朝わたしはリム君の案内で、自分の横穴に帰った。

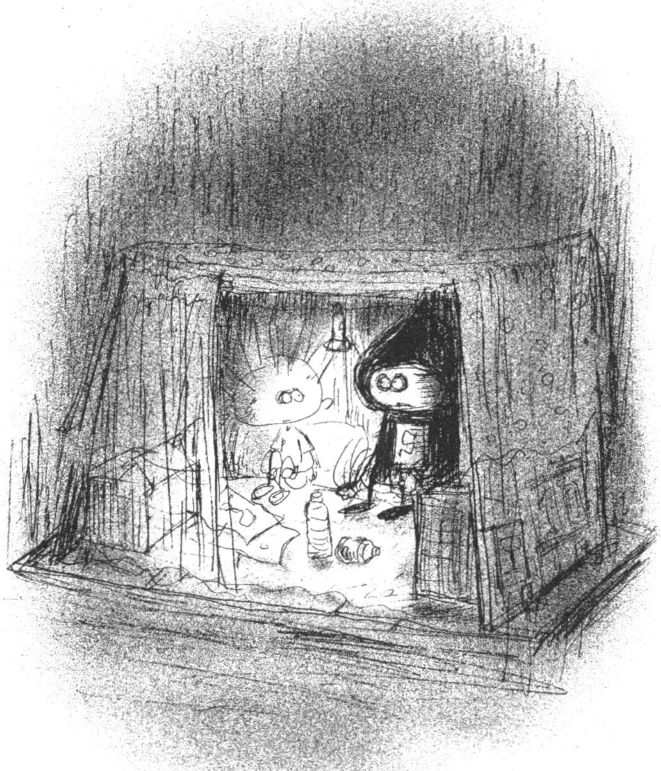

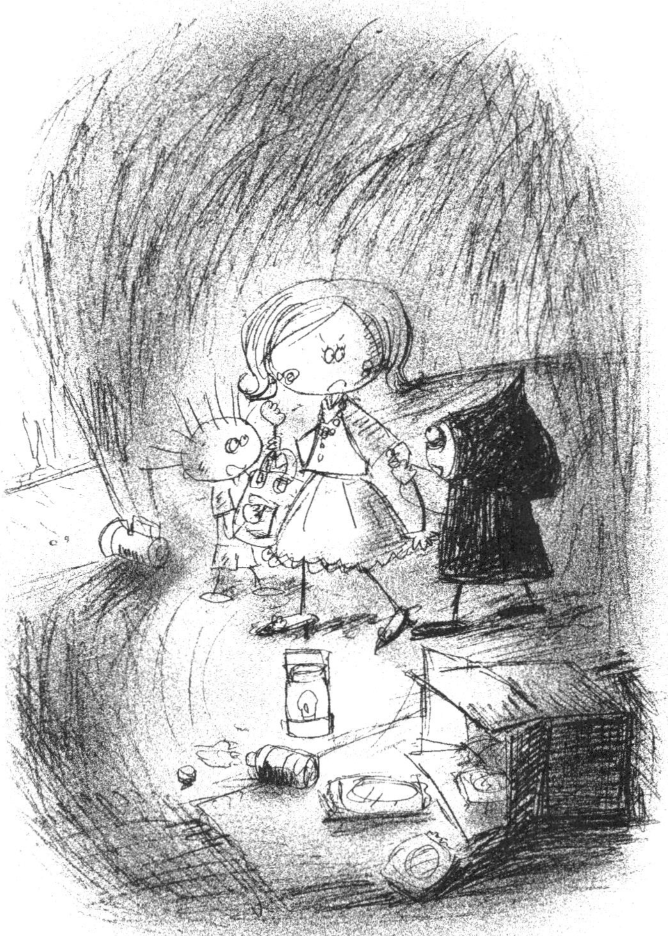

9月23日
変な女の子

　天気がよかったので、昼間は外で過ごした。夕方、地下の寝床に戻ると、リム君がいた。リム君は、ジュースやパンやお菓子がたくさん入った段ボール箱を抱えて、わたしを待っていた。わたしはコッペパンとリンゴジュースをもらった。

　リム君とパンを食べていると、線路の方から懐中電灯をピカピカさせながら、女の子が歩いてきた。着ているものが小綺麗すぎる。明らかに上の人間だった。リム君との晩餐はここで中止になった。

　わたしとリム君は、顔を見合わせると、ふたりで女の子の手を引っ張った。女の子が手を振り払おうとしたので、わたしは力いっぱい彼女の腕をつかんだ。
「ここから出ていくんだ！」
　リム君は叫んだ。
「どうして？」と女の子は言った。そしてわたしを睨みつけ、「ちょっとこの手をはなしなさいよ！」と言った。
「ここは上の人間が来ちゃいけないところなんだ。君にはそれがわかっているはずだ！」
　リム君が強い調子でそう言うと、女の子は目を丸くして驚いた。そして、すっかりおとなしくなってしまった。

9月24日
半透明の蛇

　リム君が先頭を歩いて上へと向かった。行き先はリム君にまかせた。わたしは女の子の腕をつかんで、リム君について行った。

　横穴の奥に向かって歩くと、右側の壁に大きな布が掛かっていた。リム君は、その布をめくった。するとそこには、細い横道が口を開けていた。

　リム君は、わたしと女の子を連れて、その細い横道に入って行った。横道を抜けると、大きなトンネルに出た。広々としているのに、寝床がひとつもなかった。

「ここは化けものが通る道だから、誰も使っていないんだ。」

　リム君が言うが早いか、トンネルの向こうから、ゴゴゴという音がした。数日前、化けものを見た感覚が蘇ってきた。音は次第に大きくなり、あの半透明の蛇がものすごいスピードで通りすぎた。女の子の髪の毛が風に乗って揺れた。女の子は「ひゃーっ」と叫んだ。

化けものは、振り向いてこちらへやって来た。蛇は、ぞわぞわするような得体の知れないエネルギーを放っていた。その不気味さは黒いニラブーの比ではなかった。わたしはとっさに呪文を唱えた。
「キWㅓㅓIㅁニ卅サ．（ヤミトトモニサレ！）」
　呪文が効いたのか、蛇は急に立ち止まると、そのままUターンして遠くへ行ってしまった。あたりには静寂がおとずれた。
「化けものを追い返した。信じられない。」
　リム君は、呆然とした。
　女の子は恐れおののき、床にへたり込んで震えていた。この子には何も見えないはずだが、化けものの恐ろしい気配だけは感じたのだろう。異界のものが放つ異様な空気は、見えない人にも伝わるものだ。わたしは女の子に、もうここへは来ないように言った。女の子は、うなずくのがやっとだった。
　リム君は、しばらくの間、直立不動でわたしを見ていた。

9月25日
空洞

　リム君のお城を訪ねた。
「地下には、化けものの通り道がたくさんあるの？」
　わたしは、リム君に聞いてみた。
「うん。人が住んでいるのは、ごくわずかな横穴だよ。化けものの通り道を荒らしたら、下では生きていけないからね。」
　すると、横穴のほとんどが空洞なのだろうか。地下の人たちは、化けものに怯えて、横穴の隅に追いやられているのだろうか。
　魔術では、人に害を及ぼす化けものを退治する方法もある。しかしここでは、住みかを分けることで、化けものと人間が共存している。
「魔術で化けものを退治して、英雄になるというのはどうだ？」
　人影が耳元でささやいた。

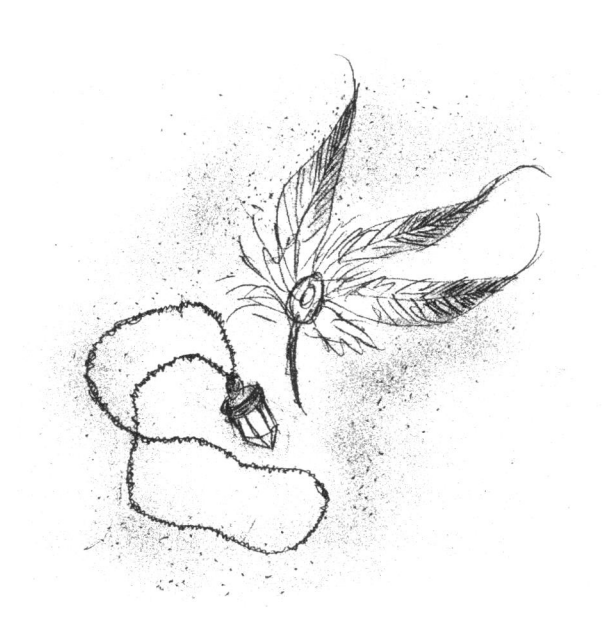

9月26日
クリスタルのネックレス

　最近、食べ物や雑貨類が、とぎれずにまわってくる。今日は、洋服やバッグやアクセサリーが入った段ボールが、どこからともなくやって来た。中をのぞくと、本物のクリスタルのネックレスが出てきた。羽根がついた飾り物もあった。

　下の人たちは、まわってくる雑貨をみんなで仲良く分け合っていた。商品を独り占めして売るような人がいてもおかしくはないのに、なぜかそんなことをする人はいなかった。

　わたしは、クリスタルと羽根飾りをもらった。

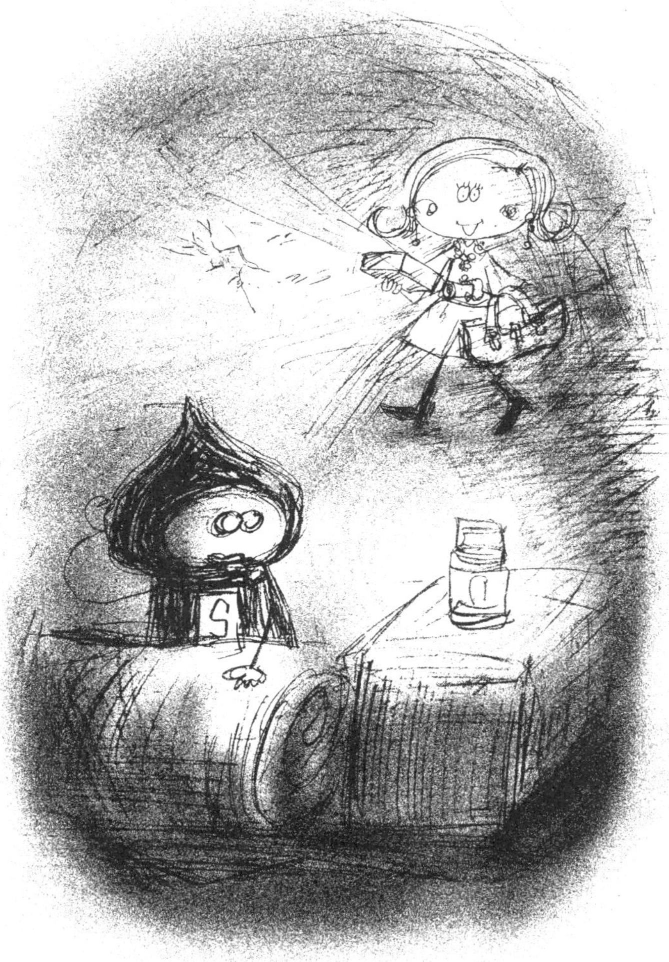

9月27日
パンジー襲来

「すみません！　知り合いがいるので、ちょっと通りますね！」

　夜遅くに、横穴の入り口の方から、カツカツとうるさい靴音が響いた。

「あの、こんばんは。この前はどうも。」

　声の主は、先日の女の子だった。わたしは、面倒なことになったと思って頭を抱えた。女の子の格好は、どう見ても侵入者にしか見えなかった。いかにも高そうな服に、ピカピカの靴を履いていた。よくここまで来れたものだ。

「もう、ここへは来ないように言ったはずだけど。」

　わたしは女の子に言った。しかし女の子は、この前のお礼がしたかったと言って、大きなバッグから高そうな洋菓子の包みを取り出した。

「あなたは命の恩人よ。わたしの名前はパンジー。どうぞよろしく。」

　女の子は言った。

　パンジーと名乗る女の子は、目をキラキラさせてうす暗い地下をながめている。お礼というのは口実で、興味本位で地下に来ているように見えた。

9月28日
新しい友だち
「あたし、あのあと具合が悪くなって、丸1日寝込んだの。きっと化けもののせいよ。あのときトンネルにすごい風が吹いたでしょ。ぞーっとしたわ。あそこには絶対、何かいる。あなた、あのとき何か叫んでいたわよね。あれであたしは助かったのよね。そうでしょ？」

パンジーは興奮しながら、しゃべっていた。

わたしはパンジーに、あの日、どうやって下に入って来られたのかと聞いてみた。

「地下鉄に化けものがいるっていう都市伝説があるでしょ。面白そうだから、真夜中の線路を歩いていたの。そうしたら偶然あの道を見つけたの。本当よ。」

では今日は、どうやってここまで来れたのだろうか。わたしが聞く前に、パンジーはしゃべりはじめた。

「今日はね、あなたたちの行列に紛れ込んで横穴に入ったの。あなたの特徴を話したら、汚い格好の男が、ここの場所を教えてくれたわ。地下って何だか不気味ね。」

彼女は、例の大きなバッグから、都市伝説やおまじないの本を取り出した。

「あたし、こういうものに興味があるの。」

彼女はクルミさんのように、不思議なものが好きなタイプらしい。ちょっとうるさいけど、悪い人ではないようだ。

「あたし、ずっと西の地方都市から、この都会にやって来たの。だからまだ友だちがいないのよ。あなた、友だちになってよ。」

パンジーの言うずっと西の地方都市とは、わたしが住ん

でいた小さな町の隣りにある、大きな街のことだった。小さな町を出てからほんの数カ月しかたっていないのに、懐かしさでいっぱいになった。
「わたしはスプー。あなたの町のさらに西にある、川を渡った先の町から来たんだよ。」
　するとパンジーは目を丸くした。
「あんなところから、ここにやって来る人がいるなんて、信じられないわ！」
　やはり、あの小さな町は、誰から見てもそうとう辺鄙な場所らしい。

9月29日
高級なチョコレート

　わたしは隣りのおじいさんに、パンジーからもらったお菓子をいくつか手渡した。
「杖はまだ手に入らないんです。もう少し待ってくださいね。」
　わたしは、おじいさんにそう言った。おじいさんは、いいんだよと言うように手を振って笑った。
　お菓子は頭がどうにかなりそうなほど甘かった。残りはリム君にあげることにした。
　わたしはリム君のお城を訪ねたついでに、老人用の杖はまわってこないものか聞いてみた。
「まわってきたとしても、杖を待っているお年寄りはたくさんいるから、なかなか手に入らないかもね。」
　リム君はおいしそうにチョコレートを食べながら、そう言った。

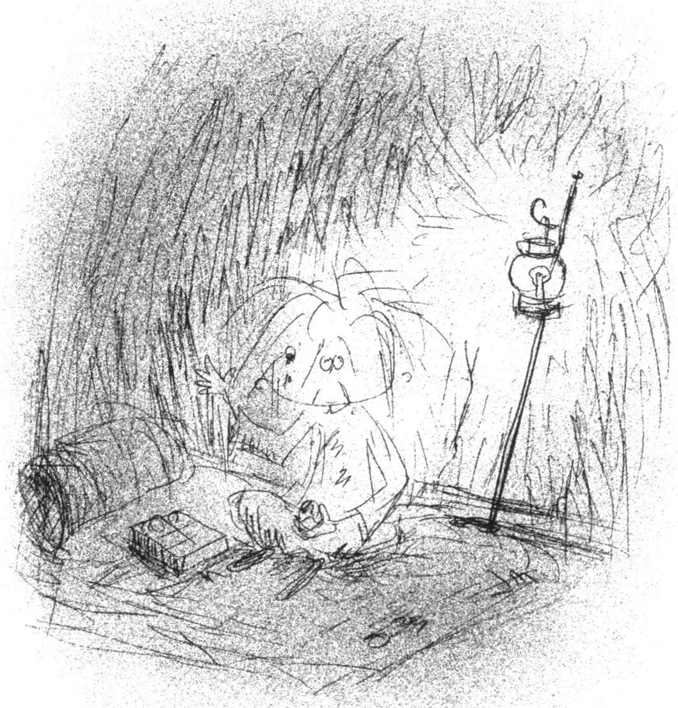

9月30日
セントラル駅

　今日はセントラル駅に行った。セントラル駅は、横穴のそばの駅から地下鉄に乗って3駅先にある。わたしの住む横穴は、大都会のほぼ中心に位置しているのだ。

　セントラル駅は、遠くの町に行く高速列車の発着駅にもなっている。地下街には、サンドイッチ屋やカフェ、日用雑貨屋、お土産屋が軒を連ねている。旅行者は、買い忘れた物があったら、ここでそろえればいい。いつでも準備万端で旅に出られるというわけだ。

　この駅の地下街を歩きまわって、ざわざわした喧噪の中にいると、不思議な気分になる。

　わたしは子どものころ、こういう場所を大勢の人と並んで歩く夢を見たことがある。

　霊界では、駅は死の世界の出発地点を表わす。死んだ人たちは、ここから自分が行くべき霊界行きの列車に乗るのだ。わたしは夢の中で、霊界の入り口へと出かけていたのかもしれない。

　不思議なことに、都会には霊界とよく似た場所がある。森の精霊はいないけど、異世界への入り口が意外とたくさんあるのかもしれない。

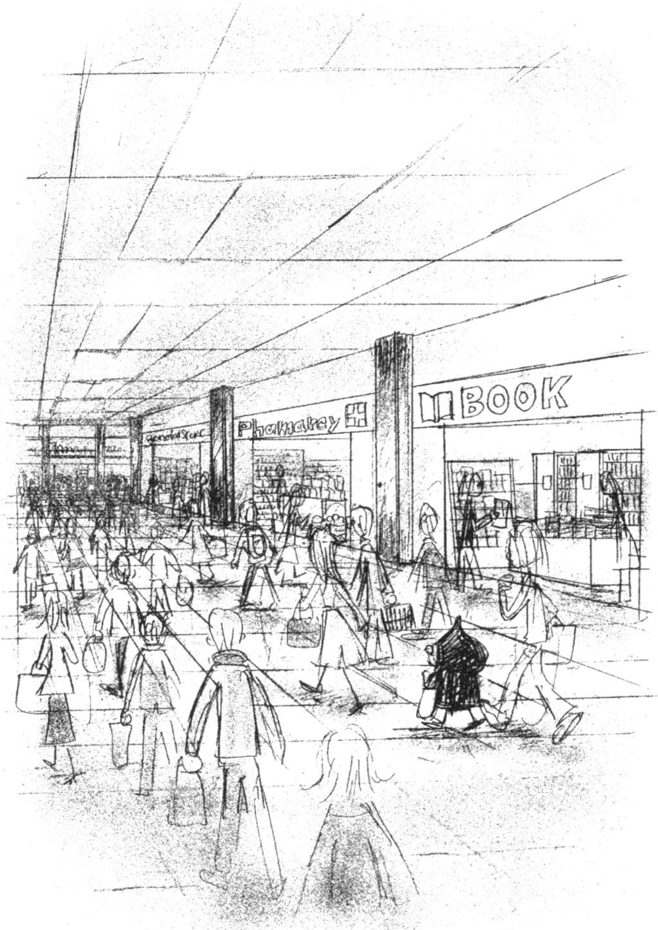
Phamarcy
BOOK

October

10月　地下の化けもの

10月1日
あの子は特別

　リム君をたずねてお城まで行ってみたけど、彼は留守だった。お城の近くにいたおじさんが、わたしに話しかけてきた。
「捨てられたのか孤児院から逃げたのか知らないけど、子どもがこんなところに住むなんて、まったく気の毒だよ。」
　おじさんと話していると、近くで休んでいた眼鏡の男の人が、話に加わった。
「ボクはたまに、あの子に作文を教えている。学校に行けないから最低限のことはできるようにしてあげないとね。」
　リム君は下の住人たちから、とても大切にされているようだった。わたしは、どうしてあの子がこんなに慕われているのか、たずねてみた。すると2人は口をそろえて言った。
「あの子は特別だからね。」
　2人はそれ以上話題を広げることもなく、そそくさと、どこかへ行ってしまった。

10月2日
パンジーの仕事

　夜の10時ごろになると、パンジーがやって来た。
「昼間は仕事があるから抜けられないの。」
　パンジーは、大きな本屋で働いているそうだ。彼女は、しゃれたバッグの中からいくつか本を取り出した。「ホワイトポニーの幸せのおまじない」とか「ホワイトポニーの金運アップ術」など、ホワイトポニーという人の本ばかりだった。この本なら、わたしも本屋で見たことがある。
「あたし、この本、大好きなの。」
　ページをめくってみると、たわいのない、おまじないやタリズマン風のイラストが描かれた、安っぽい内容の本だった。
「きれいな本だね。」
　わたしは適当に答えておいた。
「今日はこの本を届けるために来たの。スプーも好きだと思って。」
　パンジーは、仕事が休みの日にまた来ると言って、帰っていった。

10月3日
プラスチックのダイヤ

　夕方になると、パンジーがやって来た。横穴に入るとき、電車に轢かれそうになったという。
「今日は早く仕事が終わったの。外に出かけましょうよ。」
　わたしはパンジーに連れられて、きれいな街にやって来た。通りには、流行最先端のお店がそろっていた。
　パンジーは、お気に入りのアクセサリー店に連れて行ってくれた。店内には、透明なプラスチックのダイヤがキラキラと輝いていた。銀色の鎖はチカチカ光って、触るとシャラシャラきれいな音がした。床には弾けるようなピンクの敷物が敷いてあり、銀色の鎖を引き立てていた。
　昔から、太陽の光を反射して輝くものは、魔を除け、幸せを呼ぶと信じられている。欧米には「サンキャッチャー」といって、ダイヤモンドのようにカットしたガラス玉を窓辺にぶら下げる風習がある。べつにクリスタルでなくても、光に当たって輝くものなら効果があるのだ。
　光るものでいっぱいの店内は、実際にモヤモヤも少なかった。都会の人は、魔術を知らなくても、無意識にこういうものを作ってしまうのかもしれない。
　パンジーにその話をすると、彼女は感嘆の声を上げた。
「あたし、あのお店が大好きなの。なるほど、魔を除けていたからなのね。」

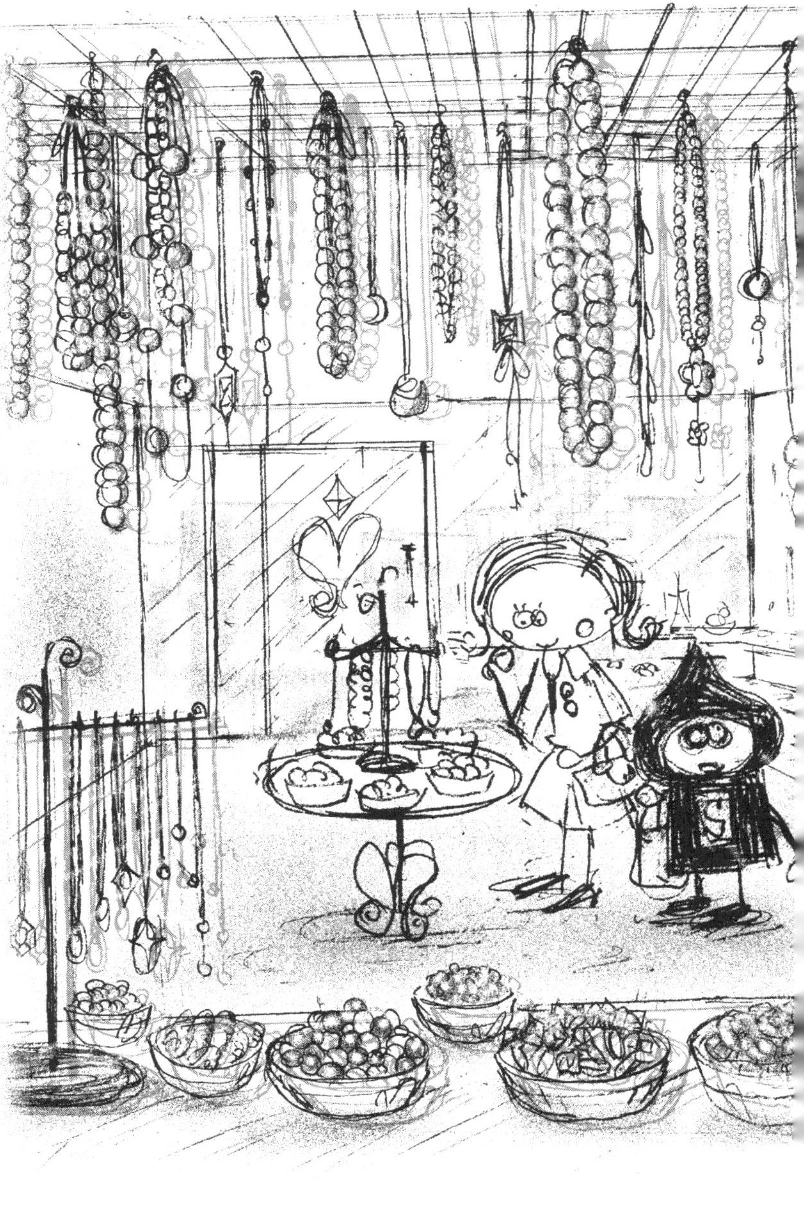

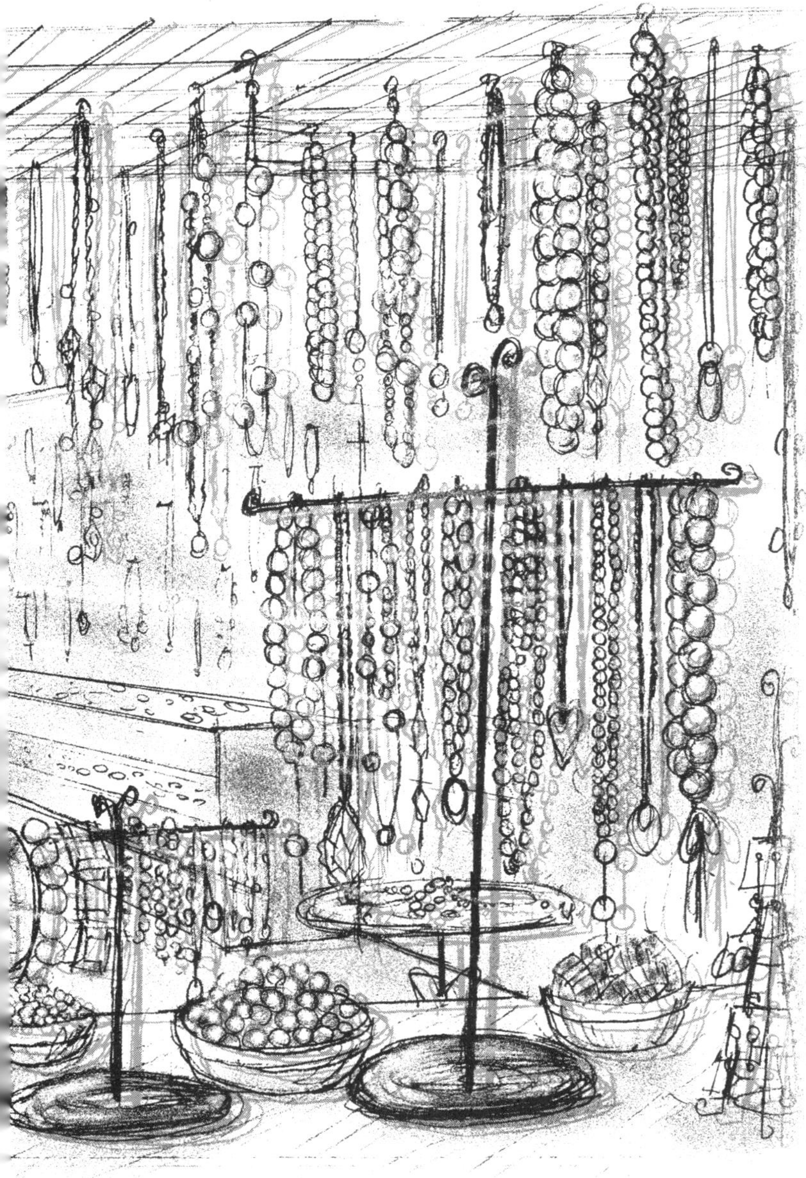

10月4日
暗いニュース

　今日もパンジーと出かけた。最近は、いいアルバイトも見つからないので、暇つぶしにはちょうどよかった。

　パンジーとおしゃべりしながら、街を歩いた。わたしは、自分が生まれた小さな町のことをパンジーに話した。近くの森に神様の石があることとか、わたしがお守り程度のタリズマンを作っていたことなどだ。ただし魔術儀式のことは、黙っていた。
「あの隣りの町が、そんなに不思議なところだったなんて、ぜんぜん知らなかったわ。」
　考えてみればキャベツが復活したときは、小さな町は国じゅうの注目を集めたはずだ。あれは、ほんの9カ月ぐらい前の出来事だ。ところがもう、キャベツ騒動のことも小さな町のことも、忘れられていた。
「都会ではおめでたいニュースより、事故とか犯罪とか、暗いニュースの方がウケるのよ。」
　パンジーはそう言って笑った。

10月5日
夕方の本屋

　パンジーは、大きな本屋さんで働いているという。わたしは夕方ごろ、その本屋に行ってみた。本屋は7階建てのビルだった。

　夕方に本屋に行ったのは、失敗だった。雑誌や新刊のフロアーには、仕事帰りの疲れた顔をした人たちが、わらわらと群がっていた。白い蛍光灯が必要以上に光っているフロアーが、モヤモヤのせいで黒く淀んでいた。

　おまじないのコーナーにも行ってみた。パンジーの好きなホワイトポニーの本は、隅の方に追いやられていた。目立つ場所には、もう他の作家の新しい本が積んであった。わたしは、都会は本当に競争が激しいのだなと思った。シュー君が都会で挫折して、ひどく落ち込んでいたことを思い出した。

　本屋があまりにも大きすぎるせいか、パンジーを見つけることはできなかった。

10月6日
もっと聞きたい

　夜遅くに、パンジーがやって来た。

　パンジーは、わたしが生まれた小さな町の話を、もっと聞きたいと言った。あの町の人は今だに迷信深く、ニラブーという精霊を信じている人がいること。草や小石や小枝にも精霊が宿っていること。おまじないやタリズマンは、精霊の力を借りるものであり、人間のかってな知恵で生まれたものではないということ。わたしは、そんなことを話した。

　パンジーと小さな町の話をしていると、どうしても黒魔術を使ってしまったことを思い出してしまう。もうパンジーにこの話をするのはやめようと思う。

10月7日
隣りのおじいさんの話

　わたしは、まわってきたパンを、隣りのおじいさんに渡した。
「下の人は、どうして自分のことを話たがらないんでしょう？」
　わたしは、おじいさんにそれとなく聞いてみた。
「下の住人はワケありの人間が多いんじゃ。仕事をクビになったとか、商売に失敗したとか、悪いことをしたとか、そんなところだ。過去の失敗を、わざわざ他人に話す奴はおらんよ。下の連中は、ろくに名も名乗らないが、気にするな。皆のことはそっとしておきなさい。」
　おじいさんは、パンを食べながらそう言った。
「しかしなあ。上にもわしらみたいなのがたくさんおるんじゃ。ところが、下に入れる奴と入れん奴がおる。」
「どうして、入れない人がいるんですか。」
　わたしは、不思議に思って聞いてみた。
「化けもののせいじゃ。化けものを怖がる奴は、下には近づかん。化けものと共存できるなんて、とても信じられないんじゃろう。」
　おじいさんは、そう言った。
　考えてみれば、わたしも黒魔術を使ってしまったワケあり人間だ。

10月8日
工事中

　外は小雨が降っていた。もうすっかり秋だった。

　この街は想像以上に大きい。まだ探検していない場所もたくさんある。今日はひとりで、パンジーに連れて行ってもらった、きれいな通りに出かけた。

　パンジーが好きだと言っていた、アクセサリー店の前を通りかかった。ところがお店は工事中だった。

　都会では、少しでも売り上げが落ちたお店は、簡単につぶれてしまうらしい。そしてすぐに、違うお店がオープンするそうだ。店の内装は取り壊されて、コンクリートがむき出しになっていた。

10月9日
材木屋

　町外れの住宅街を歩いていたら、道に迷ってしまった。
　しばらく歩くと、材木屋の倉庫が建っていた。住宅街に材木屋があるなんて、奇妙な感じがした。
「切れ端売ります。彫刻や木工にも最適。」
　倉庫の外壁に、こんな張り紙がしてあった。張り紙の下にはワゴンが置いてあり、大小さまざまの木片が山積みになっていた。店主に値段を聞いてみると、コイン1枚でいいと言う。
　わたしはワゴンの中に、細長いものを見つけた。引き抜いてみると、思いのほか長い角材がズルズル出てきた。これで、あのおじいさんの杖が作れるかもしれない。おじいさんが静かに笑いながら、杖を使って横穴を歩く姿を思い浮かべた。
　わたしはコインを材木屋に渡して、角材を手に入れた。

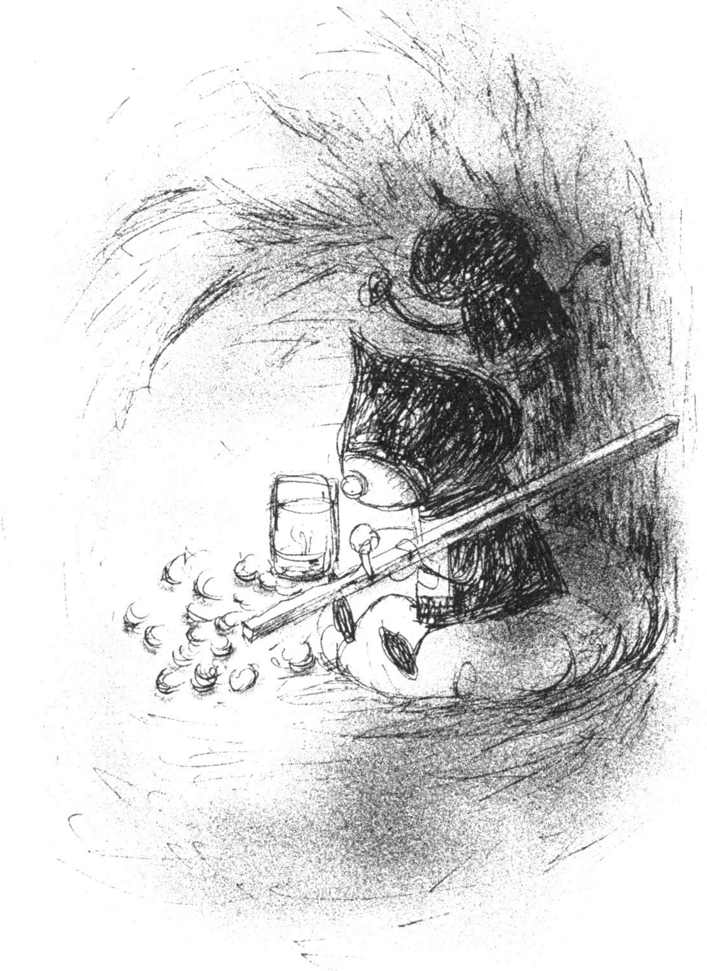

10月10日
木を削る

　懐中電灯の灯りで手元を照らして、角材を削ってみた。家を出るとき、キャンプ用の万能ナイフを持ってきたのだが、ようやくこれが役に立った。ナイフの切れ味は、まあまあだった。

　わたしのおとうさんは、木彫りが上手だ。おとうさんなら、きっときれいな杖を作るだろう。わたしはおとうさんほどうまくはできないけれど、角材の角を削るぐらいのことはできると思っていた。ところが角材は、なかなかきれいに削れなかった。

「無駄なことばかりやっていないで、早くこんなしけた所から脱け出そうぜ。」

　人影はイライラしながら言った。

　わたしは聞こえないふりをして、ひたすら手を動かした。

　木を削っていると、おとうさんが作った木彫りのニラブー人形を思い出した。

10月11日
地下鉄の事故

　早朝の6時から騒ぎが起こった。地下鉄の電車が突然、止まってしまったのだ。セントラル駅にある、何かの機械が故障したという話だった。詳しい原因はわからなかった。電車は、昼を過ぎても動かなかった。

「危険がないことがわかるまで、外に出ないでください！」

　横穴では、リレー式でそんなメモが届いた。

　すると遠くの方からゴウンゴウンと、かすかな音が聞こえてきた。電車は止まっているのに、おかしいなと思った。その音は、壁の向こうから聞こえてきた。わたしは壁に耳を当てた。

　ギギギギギギギギ。ギュルルルルル。グルルルルル。

　金属音とも動物の鳴き声ともつかない音が、かすかに壁の奥から響いていた。何の音かは、わからなかった。

　しばらくすると外出禁止令が解けた。わたしは上に出ようと思い線路に出た。すると線路の上に何かが落ちていた。

　何となく悪い予感がした。駆け寄ってみると、リム君が、うす暗い線路の上に倒れていた。わたしは驚いてリム君を揺すった。しかしリム君は、死んだように動かなかった。リム君は、体外離脱をしていた。わたしには、それがわかった。

　わたしはリム君を、線路の脇にそっと運んだ。体は遠くに動かすことはできない。離れた魂が、自分の体を見つけられなくなるからだ。

10月12日
不思議な力

　リム君は、しばらくすると、むっくり起きあがった。するとリム君の目から、大粒の涙がポロポロこぼれ落ちた。
「ボクは線路に倒れていたんだね。スプーが来てくれなければ、電車に轢かれていたかもしれない。」
　恐怖の感情が、急にこみ上げてきたらしい。
「もう泣かなくても大丈夫だよ。ちゃんと戻ってこれたんだから。」
　わたしがそう言ってなだめても、リム君の震えは一向におさまらなかった。わたしはリム君にどこへ行っていたのか聞いたけど、彼はただ泣くばかりだった。
　一口に体外離脱といっても、いろんなレベルが存在する。魂が体から脱け出して現世を飛んでいることもあれば、遠い異次元や霊界へ行くこともある。遠くへ行けば行くほど、身体は深く眠っている状態になる。リム君は、完全に意識を失って倒れていた。歩いているときに、突然、何の前触れもなく、魂が遠くへ行ってしまったらしい。幼いころから強い力を持っていると、それをコントロールできずに恐ろしい目に遭うことがある。
　この子には、魔術師になるか、真っ逆さまに暗い谷へ堕ちてしまうか、どちらかの道しかないのかもしれない。

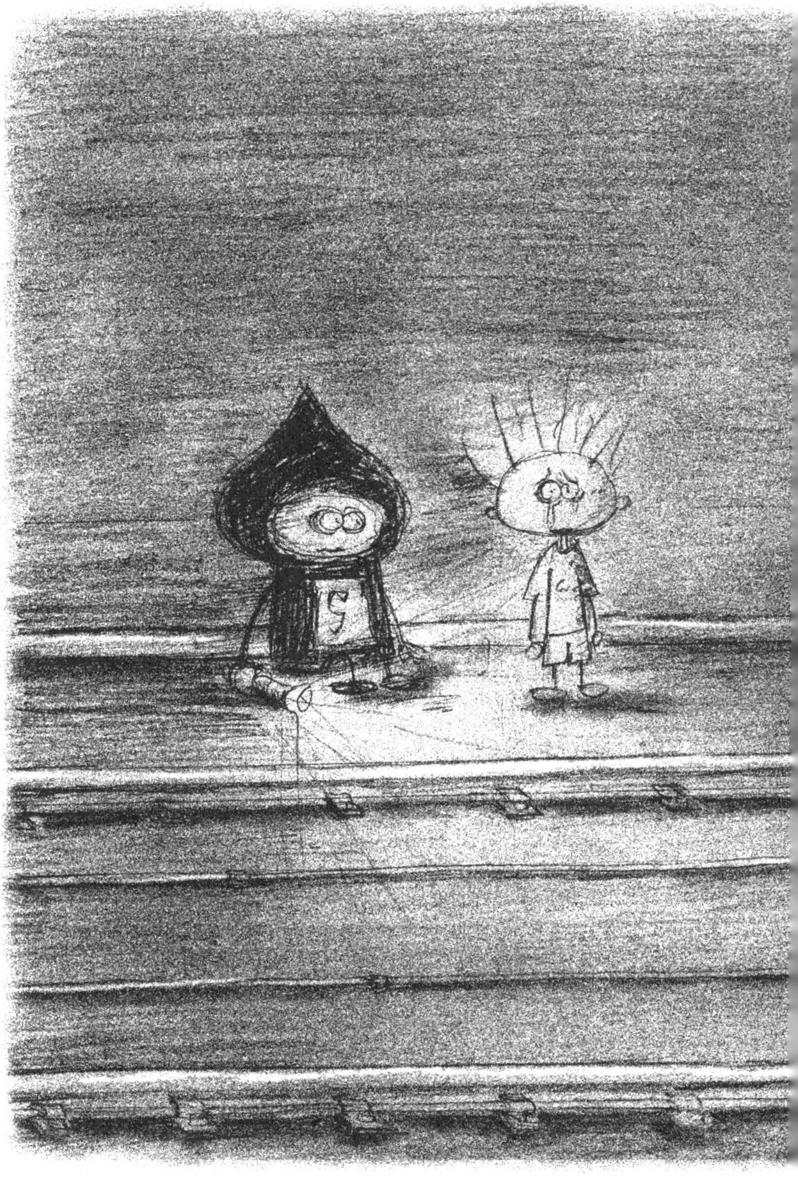

71

10月13日
奇妙な事故

　リム君は、あれ以来、わたしのそばを離れなくなった。他の人といるのを嫌がり、隣りのおじいさんがにこやかに話しかけても、心を閉ざしたままだ。

　横穴にまわってきた新聞を読むと、あの日は、たったひとつの機械が壊れたせいで、すべての電車が止まったそうだ。そんなに大事な機械なら、予備のものがあるはずだ。それとも、予備もすべて壊れてしまったのだろうか。なんとも奇妙な事故だった。

　新聞の記事には、「原因不明」としか書かれていなかった。

10月14日
インターネットの顔写真

　地下鉄事故のすぐあと、発電所が2カ所同時に停止する事故もあった。それから政治家の汚職事件が次々に起こった。優良企業の社長の自殺が、たてつづけに3件もあった。都会ではよくあるニュースだが、これだけ重なると不吉な感じがする。新聞は連日、号外を配っていた。街には重い空気が漂っていた。

　わたしはリム君と、インターネット・カフェに行った。ニュースのボタンをクリックすると、例の政治家の顔写真が現われた。政治家の背後には、赤黒い火のような妖気がもわっと映っていた。わたしは慌ててネットを閉じた。

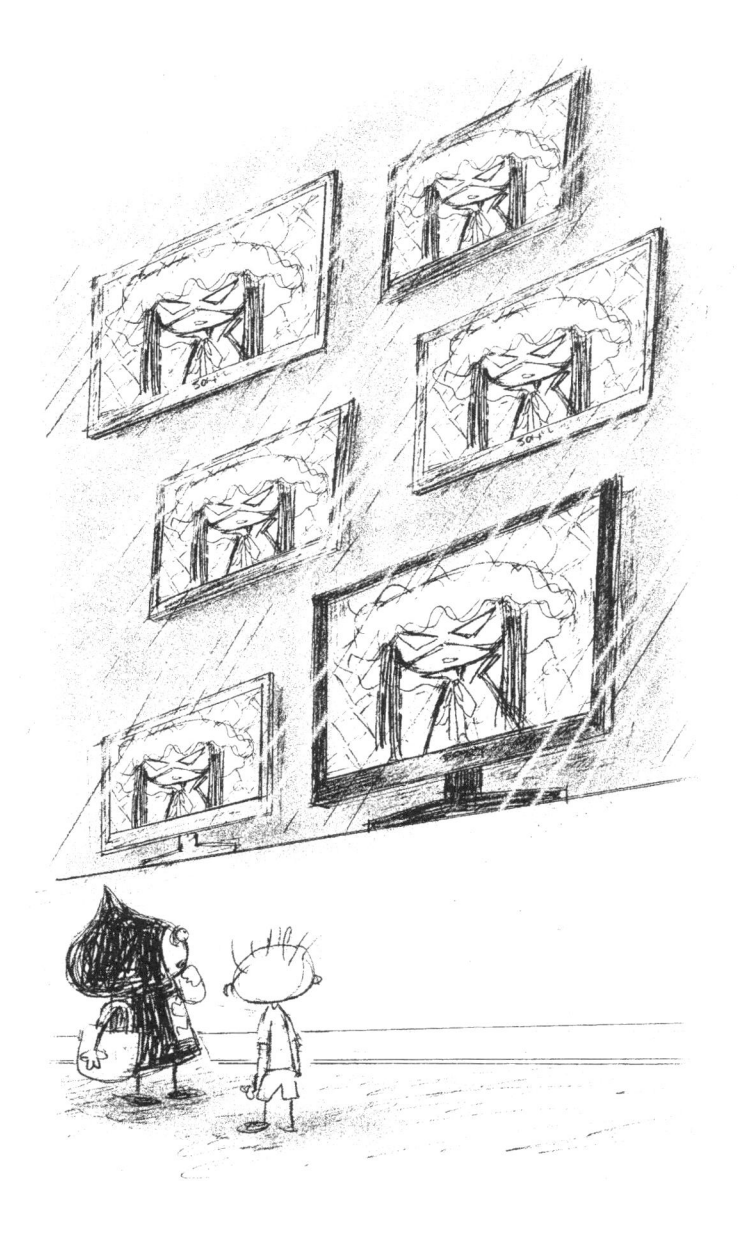

10月15日
テレビの中の魔術師

　今日もリム君を連れて、上へ散歩に出かけた。

　巨大な電器店の前を通りかかると、大きなショーウィンドウにいくつもの大型テレビが飾ってあった。わたしはリム君といっしょに、しばらくそれに見とれていた。

　テレビの画面には、真っ白い衣装を着た魔術師が映っていた。

「石や木や空気や水の一滴にも、精霊が宿っています。現代人は、精霊を感じる力を失ってしまいました。自然に対する畏敬の念を忘れて科学にばかり頼っていると、心が歪んでいきます。地下鉄や発電所の事故は、何かの警告なのかもしれません。」

　都会の偽者魔術師にしては、ずいぶんまともな意見だった。どうして偽者かというと、本ものの魔術師がテレビに出るはずはないからだ。たぶん、何かの本の受け売りなのだろう。魔術師は、白い仮面をかぶっていた。

「今日は、人気急上昇中の魔法アーティスト、ホワイトポニーさんにお話を伺いました。」

　テレビのキャスターがそう言った。わたしは驚いて、もう一度テレビ画面を見た。あれがホワイトポニーなのか。

　リム君は、何も言わずにテレビの中のホワイトポニーをながめていた。

10月16日
化けもののしわざ？

　地下鉄の一件以来、パンジーは姿をあらわさなくなった。さすがのパンジーも怖じ気づいたのだろう。

　それでなくとも、ネットや雑誌では、地下の化けものと数々の事件を結びつけた噂が蔓延していた。

　横穴では、こんな切り抜きがたくさんまわってきた。
「原因不明の地下鉄事故、史上最大の汚職事件、発電所の急停止、優良企業の社長自殺。相次ぐ不吉な事件事故！地下の化けもののしわざか？」

　都会の人は、近代的で合理的な考え方を持っていると思っていたけど、そうでもないようだ。

10月17日
はやく杖を……

　わたしは、老人の杖を削っていた。杖は、もう少しでできあがる。

　リム君は、眠るとき以外はわたしのそばに来て、絵を描いたりして過ごしていた。

　杖を削っていると、今でも頭の片隅に残る黒魔術の記憶が、ふと消えていることがある。できれば、もう少しの間杖を削っていたい。

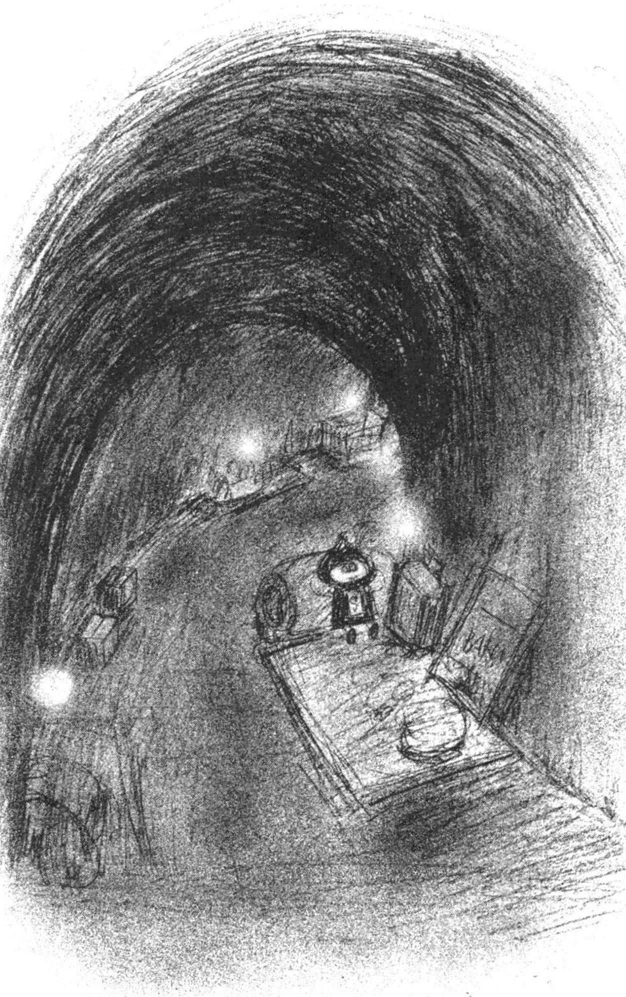

10月18日
地下と異次元

　わたしには、リム君の不思議な能力をなくしてしまうことはできない。死んだわたしのおばあちゃんも、リム君のような能力の持ち主だった。わたしは、リム君を通して、おばあちゃんの苦労を見せられているような気がした。

　しかし、地下鉄の横穴という、まわりから隔絶された環境で暮らしていたら、リム君のような不思議な子どもが育つということも、あるのかもしれない。

　地下の世界は、ずっと前に魔術を使って出かけて行った、異次元の世界によく似ている。暗くて長いトンネルに、ポツン、ポツンと懐中電灯の明かりが灯る風景は、とてもこの世のものとは思えない。

10月19日
リム君の過去

　リム君がそばにいると、わたしの寝床にたびたび人が訪ねてくるようになった。以前、リム君の住む横穴で会った、眼鏡をかけた男の人もやって来た。リム君に作文を教えていると言っていた人だ。
「みんながリム君を心配しているよ。あの眼鏡の人に、作文を教えてもらっているんでしょ。今日は作文を書いたらどう？」
　わたしがそう言うと、リム君は言った。
「作文に書けるようなことは、何もないんだ。」
　リム君は、少し間をおいて、静かに話しはじめた。
「ボクは生まれる前、ママのお腹の中で、みんなの話し声を聞いていた。ママは若すぎて貧乏だったから、ボクを孤児院にあずけると言っていた。ボクは生まれるとすぐ孤児院に入れられた。ボクは、この世界に住む親はみんな貧乏で、子どもは孤児院へ入れられるものだと思っていた。それから、生まれる前から外の世界の声が聞こえるのも、当たり前のことだと思っていた。ところが、そうじゃないということが、だんだんわかってきた。孤児院にいても、誰とも話が合わなかった。
　ボクはとうとう孤児院から逃げ出した。地下鉄へ逃げ込んだとき、偶然この横穴を見つけた。それから、ここに住んでいる。
　そんなことを作文に書いたところで、大人は困った顔をするだけだよ。だから作文の授業では、嘘ばかり書いているんだ。」

わたしはリム君に、何も言うことができなかった。
「ボクは毎晩のように、夢の中で化けものと一緒に走っている。たくさんの横穴を駆け抜けるんだ。目が覚めてから地下を歩くと、夢で見た風景ばかりだ。夢の中で走った道も本当にあった。ボクは化けものと一緒に走るのが好きだ。化けものは、友だちなんだ。」
　わたしはリム君に、羽の飾り物を渡した。リム君の超能力は、タリズマンなどの魔術で制御できるものではない。しかしこの羽は、魂が体から離れたときに、きっと役に立つ。魂が体から遠く離れても、羽を使って飛びながら、帰り道を探すことができるからだ。身につけた物は、魂だけになっても持っていくことができる。
「ただし、必ず帰ってこられる保証はないよ。でも、これを持っていれば、少しは気が楽になると思うから。」
　リム君は、黙ってうなずいた。

10月20日
ズルズル

　わたしは夕方、突然ひとりで散歩に出かけた。

　一日じゅうビルの中を歩きつづけた。歩き疲れて真夜中に横穴に戻った。しかし、目が冴えてしまい眠れなかった。

　わたしは仕方なく、近くのホームに向かって線路を歩いた。ほんのかすかにギュルギュルという音が聞こえてきたけど、気のせいだと思った。わたしはホームに上がった。すると反対側の線路を、半透明の大きな蛇の化けものが、ズルズルと徘徊していた。

　わたしは、その場に凍りついてしまった。

　半透明の蛇は、まるで獲物でも探しているように、あたりをキョロキョロながめていた。すると何かを見つけたのか勢いよく走り出し、線路の向こうへ行ってしまった。

　わたしは、逃げるように寝床に帰った。

83

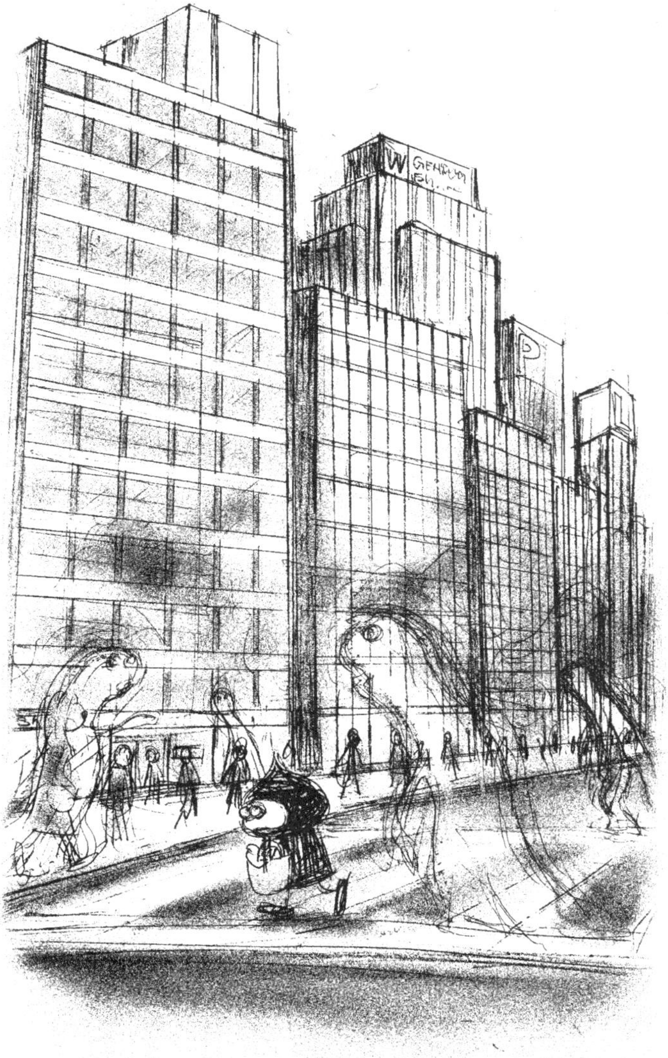

10月21日
杖を仕上げる

　わたしは作りかけの杖に、ヤスリをかけることした。木は堅いところと柔らかいところがあり、どうにもうまく削れなかった。そこでヤスリで表面をなめらかにすることにした。しかしわたしには、ヤスリを買うお金がなかった。

　リム君に相談してみると、すぐにカンパが集まった。下ではどういうわけか、リム君の頼みを断る人はいない。

　わたしはヤスリを買いに街へ出かけた。街には黒いモヤモヤのほか、たくさんの幽霊たちが、ふわりふわりと歩いていた。幽霊たちは、昨日地下で出会った半透明の蛇のように、何かを探すような素振りで街を徘徊していた。

　一連の事件以来、街のようすが変わっていた。何だか嫌な予感がした。

10月22日
ホワイトポニーのチャーム・ショップ

　今日も上に出かけた。

　わたしは、リム君たちとずっと一緒に暮らしていきたいと思うようになってきた。ようやく、下で生きていく覚悟ができたのだ。そこで、長期間のアルバイトを探すことにした。

　わたしはなんとなく、以前パンジーと来たきれいな通りにやって来た。

　パンジーの好きなアクセサリー店は、ちがうお店になっていた。看板には「ホワイトポニーのチャーム・ショップ」と書いてあった。冷やかし気分でお店に入ってみると、きれいな銀色のアクセサリーが、ぎっしりと並んでいた。デザインは全部タリズマン風の模様で、〝幸せを呼ぶチャーム・グッズ〟というタグがついていた。銀の飾りを手に取ると、頭にチクッと何かが刺さるような感じがした。

　ホワイトポニーは、以前テレビで、精霊とつながっているようなことを言っていた。しかし、精霊のことがわかっていれば、こんなタリズマンを作るはずはなかった。

10月23日
人影の報告

「ホワイトポニーはすごいな。ほら、あのタブロイド紙にも出ているぜ。」

街を歩いていると、人影がそう言った。人影はいつも、魔術に関係したことを見つけては、わたしに報告してくる。

地下鉄事故のあとテレビに出てからというもの、急に人気が出たらしい。新しい本も出版され、かなり話題になっていた。横穴の住人でさえ、ホワイトポニーの話をするようになった。

10月24日
下の噂

「最近、会社がガタガタして大変なんだ。取引がうまくいかなくて、同僚がパニックを起こしている。」

「こっちも同じだ。うまく計画がたたなくて、すぐに企画が倒れる。」

わたしの住む横穴では、こんな会話をよく耳にするようになった。下には、例の住所を使って上で働いている人もたくさんいる。彼らは上で立派な仕事をしているように見えるのだが、なぜか地下で暮らしていた。

最近、そういう人たちが、妙にざわざわしている。

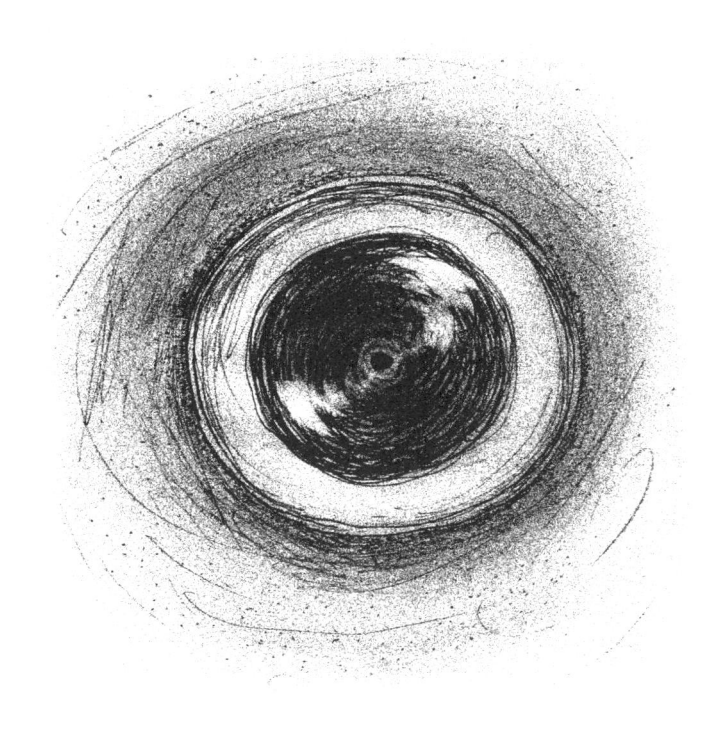

10月25日
血の夢

　朝起きると、わたしはすぐにノートを取り出した。今見た夢を忘れないうちにメモするためだ。

　わたしは夢の中で、丸い器を見つめていた。器の中には、血のような液体が入っている。ただそれだけの夢だった。だけど、その夢がなぜか気になった。

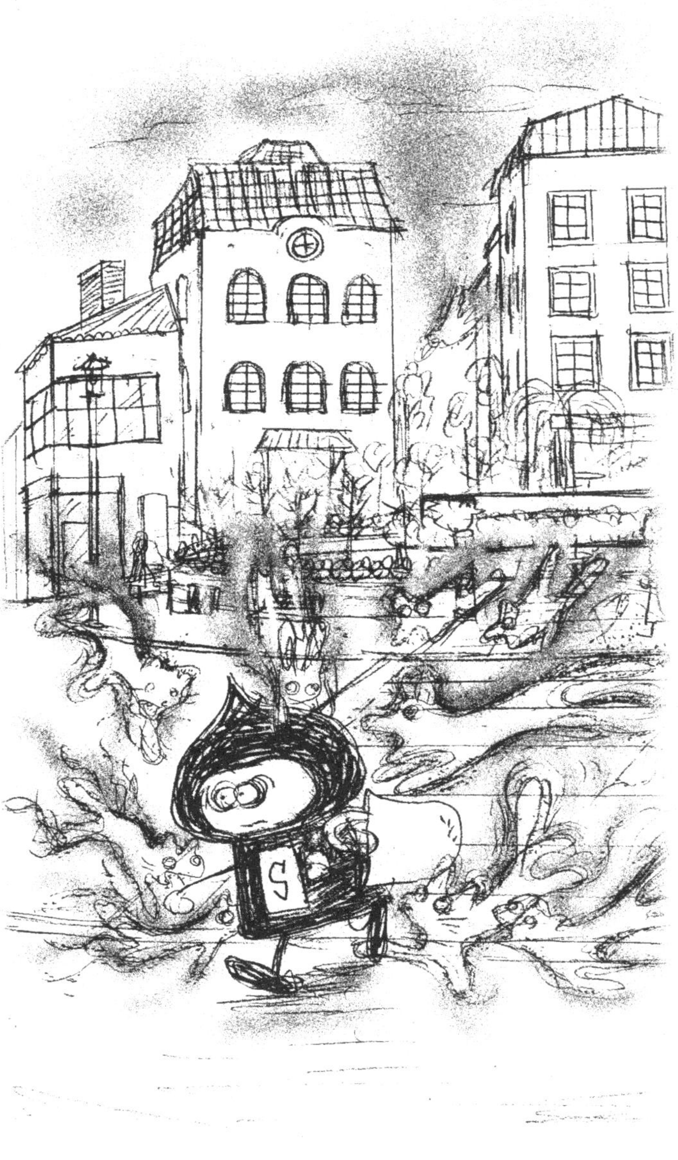
S

10月26日
ペットの幽霊

　わたしはもう一度、アルバイトを探しに出かけた。

　中心地から少し離れた沿線に、きれいな雑貨屋が立ち並ぶ街があるというので、わたしは地下鉄を乗り継いで、その街に行ってみた。駅には小さなロータリーと噴水があった。

　駅の周辺を歩いてみた。街は、可愛らしいお店でいっぱいだった。暇そうなマダムたちが、きれいなカフェで談笑していた。

　とても素敵な街だけど、そこらじゅうに、犬や猫のようなペットの幽霊が飛んでいた。ペットたちは、わたしに気がつくと、わらわらと集まってきた。犬らしき幽霊は、わたしに何かを訴えるように、しきりにしっぽを振っていた。猫のような幽霊は、わたしの足下に額を擦りつけて、ニャーと鳴いた。

　わたしは早々に電車に飛び乗り、街を後にした。

　ホームには、数え切れないほどのペットの幽霊たちが、わたしを見つめていた。

10月27日
3人の話

　夜になると、近くに住んでいる若い男の3人組が、横穴に戻ってきた。彼らは例の住所を使って働いているようだった。
「今日は遅いですね。」
　わたしは、何となく3人に話しかけた。
「下は今日も暑いですね。水、足りていますか？」
　3人は意外にも、気楽に話しはじめた。
「あなたたちは仕事を持っているのに、どうして上に住まないの？」
　わたしは、ずっと気になっていたことを聞いてみた。
「給料が安くて、家賃が払えないんだ。」
「最近、そんな人が増えたよね。」
「でも、働いているオレたちは、まわってくる食べものは遠慮してるから。」
　3人は、屈託のない笑顔でそう言った。彼らは普通の若者のようだった。一日中、働いているのに家賃も払えないなんてひどい話だ。
「下があるおかげで、助かっているんだ。」
「下のことは誰にも言っていない。バレたら大変だ。」
　3人は、最近、下で暮らすようになったそうだ。ここがカタコンベだったことも知らなかった。下の事情も刻一刻と変わっている。

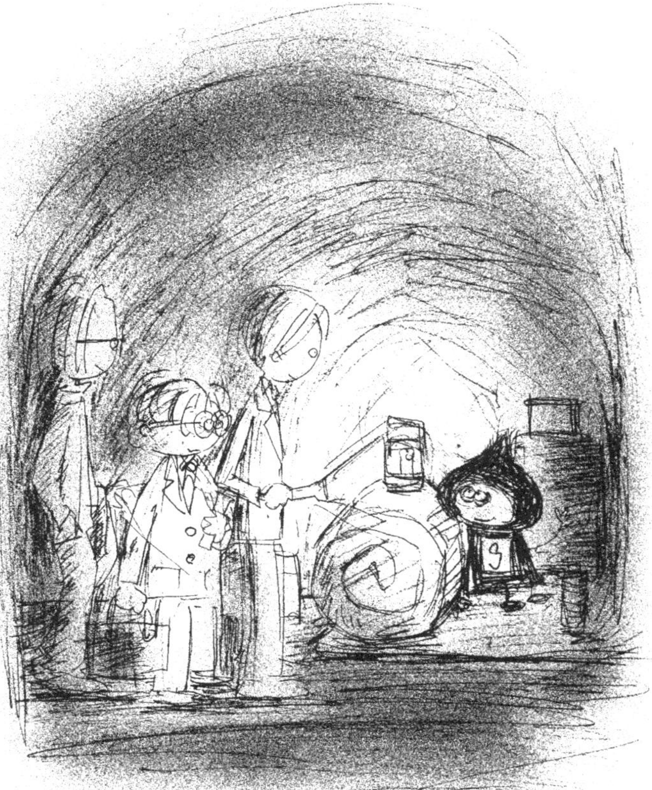

10月28日
スッキリしない

　アルバイトは見つからないし、おじいさんの杖もまだ作りかけだ。杖は、表面にニスをかける必要がある。杖はいくらヤスリで磨いても、表面がガサガサしていた。これでは、おじいさんが手を怪我してしまう。

　いろんなことが中途半端で、何だかスッキリしない。

　横穴の壁には、目に見えない虫が、前よりもたくさん張りついていた。一昨日のペットの幽霊が数匹、わたしにくっついて来たことも知っている。犬や猫は、人間よりずっと早くに死んでしまう。彼らは、人恋しくて霊界に行けず、この地にとどまっているのだろう。

10月29日
魔術ノート

　ペットの幽霊たちがどんどん集まってきた。ペットの中には、悲しさのあまり人間を霊界に引っぱろうとするものがいる。だんだん胸が苦しくなってきた。

　わたしは、とうとう、封印していた魔術ノートを取り出した。ここに何か解決のヒントがあるかもしれない。

　ノートは、封印の呪文を書いた布で何重にもくるんで、寝床の下にしまい込んでいた。これはたいそうなグリモワール（魔術書）ではなく、自分で書き溜めた魔術のメモ書きだ。これだけは、どうしても捨てることができなかった。

　人影が、ふふふと笑ってこちらを見ていた。

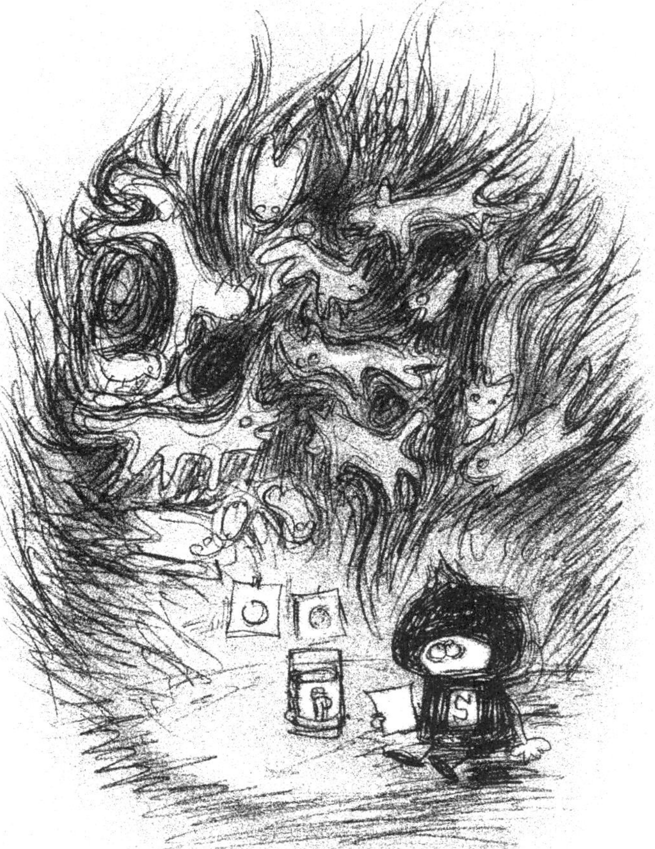

10月30日
霊界タリズマン

　ペットの幽霊たちを霊界に送るには、体外離脱をする必要がある。自分も魂になって、幽霊たちを霊界の入り口まで案内するのだ。しかし今のわたしには、体外離脱はできそうにない。仕方がないので、霊界を表わすタリズマンをノートの中から見つけ出し、それを紙に書き写して寝床に貼りつけた。このタリズマンから霊界に入ることができるはずだ。ところがこれが、まったくもってうまくいかなかった。やはり誰かが案内しないと、ペットたちは霊界へは行けないのだ。

　シャーマンと呼ばれる古代の魔術師たちは、さまよっている魂を導くのが仕事だった。彼らは、迷っている魂を霊界に連れて行ったり、体から離れて放浪している魂を体にもどすことができる。古い時代の魔術師は、お金のために魔術を使うことはない。霊界と現世を往き来して、魂のトラブルを解決し、世の中のバランスを保つことが仕事だったからだ。

10月31日
灰色の街灯

　ペットの幽霊たちを連れて外に出かけた。セントラル駅の近くに大きな公園がある。わたしは、ここでペットたちを遊ばせるつもりだった。

　大きな道路を渡って、公園の門に向かった。すると公園の角で、何やら騒ぎが起こっていた。近づいてみると、灰色の街灯が折れて根元から倒れていた。しっかりコンクリートで固められた街灯が、どうしたら倒れるというのだろう。

　すぐに救急車がやって来た。驚いた拍子に、転んで怪我をした人がいるらしい。

「もう少しで下敷きになるところだったらしいよ。」

　あっという間に、野次馬が集まってきた。

　どこにでも、何となく気味の悪い場所というものがある。そういった場所には、黒い想念が吹き溜まってしまう。長つづきしない店とか、よく事故が起こる場所などがそうだ。わたしが住んでいた小さな町では、そういう場所には目印の石を置いて結界を張る風習がある。長つづきしない店は、ひどいときは、取り壊して石が置かれることもあった。

　しかし都会では、そんなことはおかまいなしに、いろんなものを建ててしまう。

　街灯の付け根から、モヤモヤしたものが噴き出ているのが見えた。

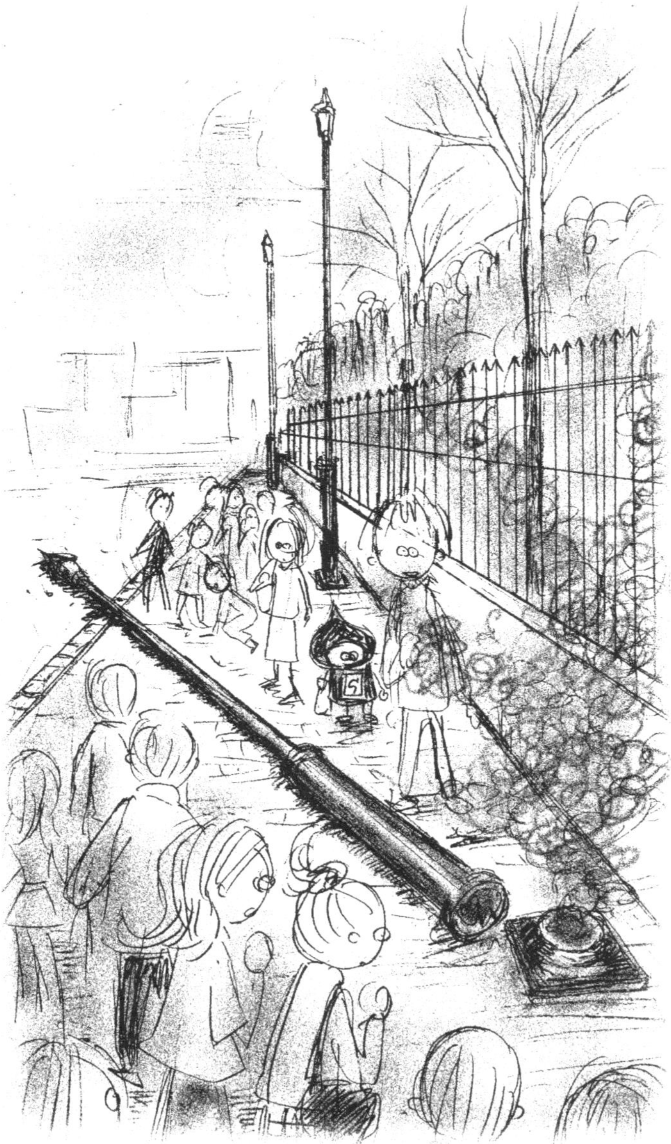

5

November

11月　ホワイトポニー

11月1日
羽根飾りのペンダント

　気分が重いのは、どうやらペットの幽霊のせいではなさそうだ。どうも最近、またモヤモヤがたくさん見えるようになってきた。わたしは念のため、以前手に入れた、クリスタルのペンダントを持ち歩くことにした。

　近ごろ世間は、悪い出来事は何でも地下の化けもののせいという風潮だった。いくらなんでも、そんなことはないと思うのだが、用心に越したことはない。

　リム君は、だいぶ元気になっていた。
「眼鏡のおにいちゃんに、紐をつけてもらったんだ。」
　リム君は、羽飾りをペンダントのようにして、首からぶら下げていた。

11月2日
サイン会

　わたしはリム君を連れて、パンジーが働く本屋に行った。リム君はもちろん、パンジーを覚えていた。「あの、でっかい声のおねえちゃんでしょ」と言って笑った。
　2階のフロアーには、ホワイトポニーの新刊が山のように積んであった。店員はバタバタと椅子やテーブルを運んでいた。大きな看板に「ホワイトポニー・サイン会」と書いてあった。フロアーは次第に混んできた。
「絵本のフロアーに行こう。」
　わたしはリム君を連れて、急いでエスカレーターに乗った。ホワイトポニーと書かれた看板を見ただけで、頭の中に何かがチクッと刺さったような感じがした。

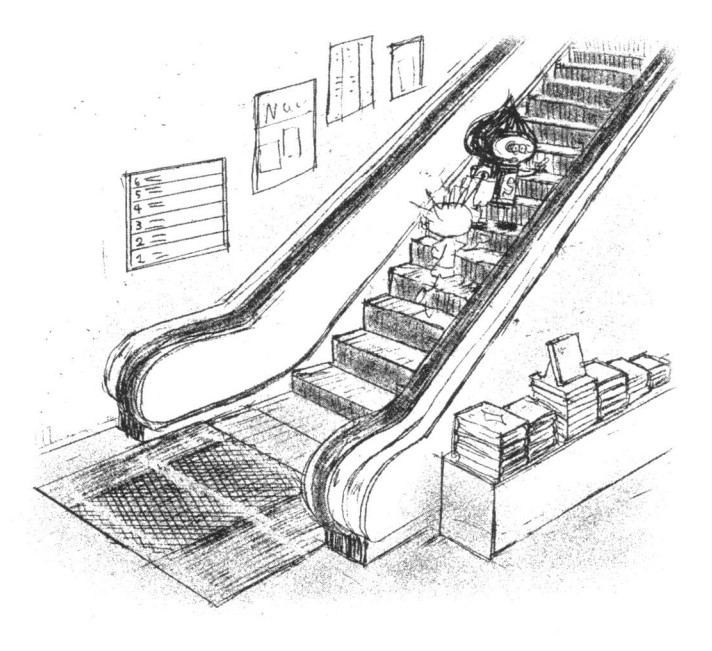

11月3日
謎だらけ

　ホワイトポニーは、どうしてあんなに人気が出たのだろう。ネットでは、地下の化けものをホワイトポニーが退治したという噂まで流れている。今日も本屋に行ってみたけど、ホワイトポニーの新刊は、飛ぶように売れていた。

　ニュースによると、ホワイトポニーのチャーム・ショップも、これからぞくぞく新店舗ができるそうだ。タリズマン風のアクセサリーや雑貨が、女の子たちにウケているらしい。きっとパンジーみたいな子たちに、火がついたのだろう。

「おまじないとデザインの見事な融合。新しいビジネスのかたちが登場。」

　今や経済雑誌までもが、ホワイトポニーを持ち上げていた。

11月4日
妖魔

　昨日の晩から、横穴に妖魔と化したお化けが現われるようになった。お化けは、たいがいジメジメした緑色をしていた。中には火のように燃えているものもいた。

　これらの妖魔は、人の多い都会によく現われる。以前、小さな町で、黒いモヤモヤに顔がついたモンスターを見たことがあるが、この妖魔はそれらがさらに進化したものだ。都会には、たくさんのモヤモヤがいる。きっとそんなモヤモヤたちが、次第に妖魔化したのだろう。

　それにしても、妖魔の数が多すぎる。この妖魔たちも、何かを探すように横穴をさまよっていた。

11月5日
ニスを塗る

　今日は、杖を仕上げてしまうつもりだった。ニスは、質のよいつや消しニスが簡単に手に入った。値段も手頃だった。こういうときだけは、都会は便利でいいなと思う。

　わたしは横穴に戻ると、すぐにニスを塗りはじめた。ニスを塗ると、杖がしっとりと光った。ボコボコした杖も、ニスのおかげで、いい感じに仕上がった。

　わたしは、ニスを乾かすために、杖を壁に立てかけた。すると壁に群がっていた妖魔が、驚いて四方に散った。
「ああ、こいつら、いやになっちゃうな……。」
　わたしはつい声に出してつぶやいた。
「ああ、鬱陶しいやつらじゃよ。」
　気がつくと、隣りに住んでいるおじいさんが、横にいた。
「あなたにも見えるんですか？」
　わたしは思わず、おじいさんに言った。
「まあな。」
　おじいさんはそう言うと、自分の寝床に戻ってしまった。

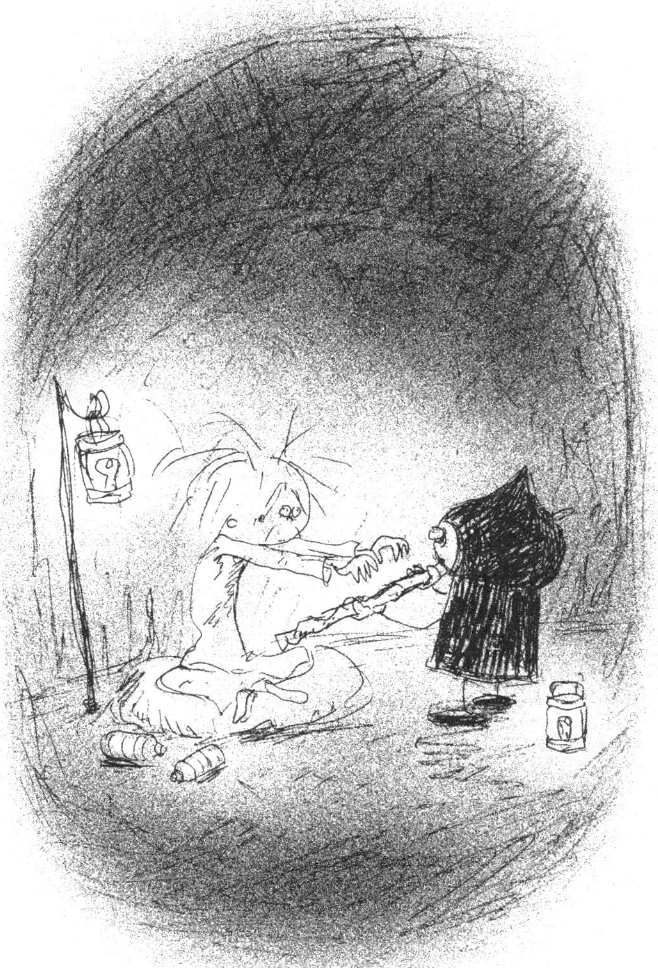

11月6日
おかしなおじいさん

　朝になると、ニスはきれいに乾いていた。杖はすべすべした手触りになった。わたしは、おじいさんのところに杖を持っていった。
「手作りだから少し不格好だけど、よかったら使ってください。」
　おじいさんは、しばらく無言で杖を見つめた。
「ありがとう。わしは本当にうれしいよ。しかしな……わしはもう、杖を使っても、よう歩けんのじゃ。だからこの杖は、お前にやるよ。」
　わたしが、とまどっていると、おじいさんは優しく笑いながら言った。
「わしがもらったもんじゃから、どうしようとわしの自由じゃ。わしはこの杖を、お前にあげたいのじゃ。」
　おじいさんは、強引に杖をわたしに差し出した。何だかよくわからないまま、わたしは、おじいさんから杖を受け取った。
「あの、もしかしたら、あなたは魔術師なのでは？」
　わたしは、おじいさんにたずねた。けれどおじいさんは、その質問には答えなかった。

11月7日
パンジー再び
「ずっと忙しかったの。遊びに来られなくてごめんね。」
　パンジーに会うのは、ひと月ぶりぐらいだろうか。
「地下鉄で事故があったから、怖くて来られなかったんでしょ？」
　わたしが冗談めかしてそう言うと、パンジーは首を横に振った。
「そんなの平気よ。それよりもホワイトポニーのせいで、仕事が大変だったの。」
　パンジーによると、ホワイトポニーぐらいよく売れる本が出ると、本屋は大騒ぎになるそうだ。本の置き場所を増やしたり、品切れにならないようにたくさん本を取り寄せたり、とにかく大忙しなのだという。
「1週間後に、またホワイトポニーの新刊が出るの。わたしは店員だから早く買えるのよ。今日はこれを、スプーにプレゼントしたくて来たの。」
　パンジーは出来たての本を、わたしにくれた。今回の本は、切り取って使えるタリズマンの本だった。
　本を開くと、ぷんとインクの香りがした。カラー印刷の贅沢な本だった。しかしタリズマンは、危険なエネルギーを放っていた。妖魔たちがいっせいに、にじり寄ってきた。
　わたしは、「ありがとう」と言って慌てて本を閉じた。これ以上本を開いていると、頭が割れそうだった。わたしは急いで自分の魔術ノートを取り出した。ノートに書いてあるタリズマンからは、柔らかい光がわき出ていた。
「ねえ、そのノートは何？」

パンジーは、「ちょっと貸して」と言って、わたしの魔術ノートを手に取った。パンジーに、ホワイトポニーとわたしのタリズマンの違いがわかるはずはなかった。パンジーは、ただ楽しそうにページをめくっていた。

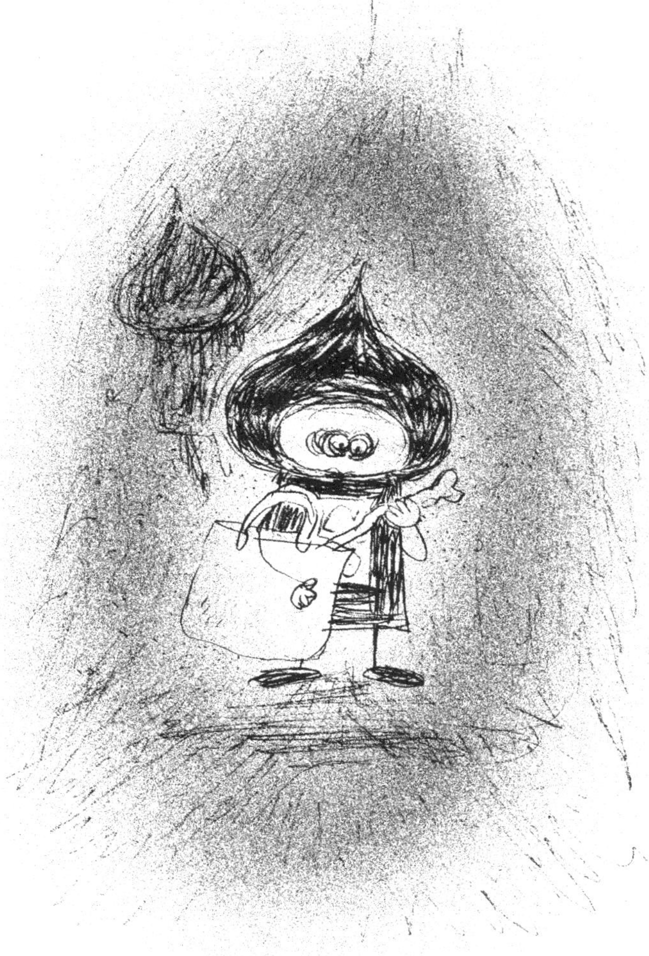

11月8日
魔術の目

　わたしはパンジーからもらった本を、呪文の布で包み込み、さらにタリズマンを貼って封印した。

　それから流木の杖とクリスタルをバッグに入れて、出かける準備をした。昨晩から断食をしているので、パンは全部、おじいさんにあげた。

　わたしは軽い修行のようなことを、はじめるつもりだった。

　ペットの幽霊や妖魔が見えてきた以上、「魔術の目」を持っていないと大変なことになる。魔術の目とは、異世界のものたちが何ものなのか、正確に判断する力のことだ。

　人影が静かに笑っていた。

11月9日
地下の道

　わたしはリム君に、夢の中で化けものと一緒に走った道を案内してもらえないか、と頼んでみた。そこで修行をしようと考えたのだ。

　リム君は、少し考えて言った。

「いいけど、たまにどこを歩いているのか、わからなくなることがあるよ。」

　わたしは、それでもいいと言った。もし迷ったら、その時はその時だ。

　リム君は、まず自分のお城に行った。そして目をつぶると、横穴の奥を指さした。

「こっち。」

　横穴の奥は、どこまでつづいているのか、わからなかった。しかしリム君は、かまわず奥へ奥へと歩いて行った。

11月10日
ぐるぐる

　横穴は、長く長く伸びていた。３０分ほど歩いただろうか。次第に寝床もまばらになってきたころ、リム君は立ち止まり、壁に掛けられた布をめくった。そこには黒い横穴がポッカリと口を開けていた。
　リム君は、小さな懐中電灯で照らすと、その横穴に入って行った。今度の道は短くて、すぐに行き止まりになった。しかし左には、別の横穴が開いていた。そこから先は、よく覚えていない。ぐるぐる、ぐるぐる、曲がりくねりながら歩いたので、次第に方向感覚がなくなってしまった。
「一体、いくつ曲がり角があるの？」
「たくさん。」
「本当に、こんなに複雑な道を夢で見たの？」
「たぶん。」
　たまに人が住んでいる横穴に出ては、またすぐに無人の横穴に入った。横穴は、下りや上りの坂道になることもあった。
　リム君は、いつまでも歩きつづけた。とても子どもとは思えない体力だった。わたしの方が、だんだん疲れてきた。すると急にリム君が立ち止まった。
「終わり。」
　終点は、以前パンジーといっしょに化けものを見た、ガランとしたトンネルだった。
　あれほどの距離を歩いたのに、一度も線路に出なかった。何とも不思議な道だった。

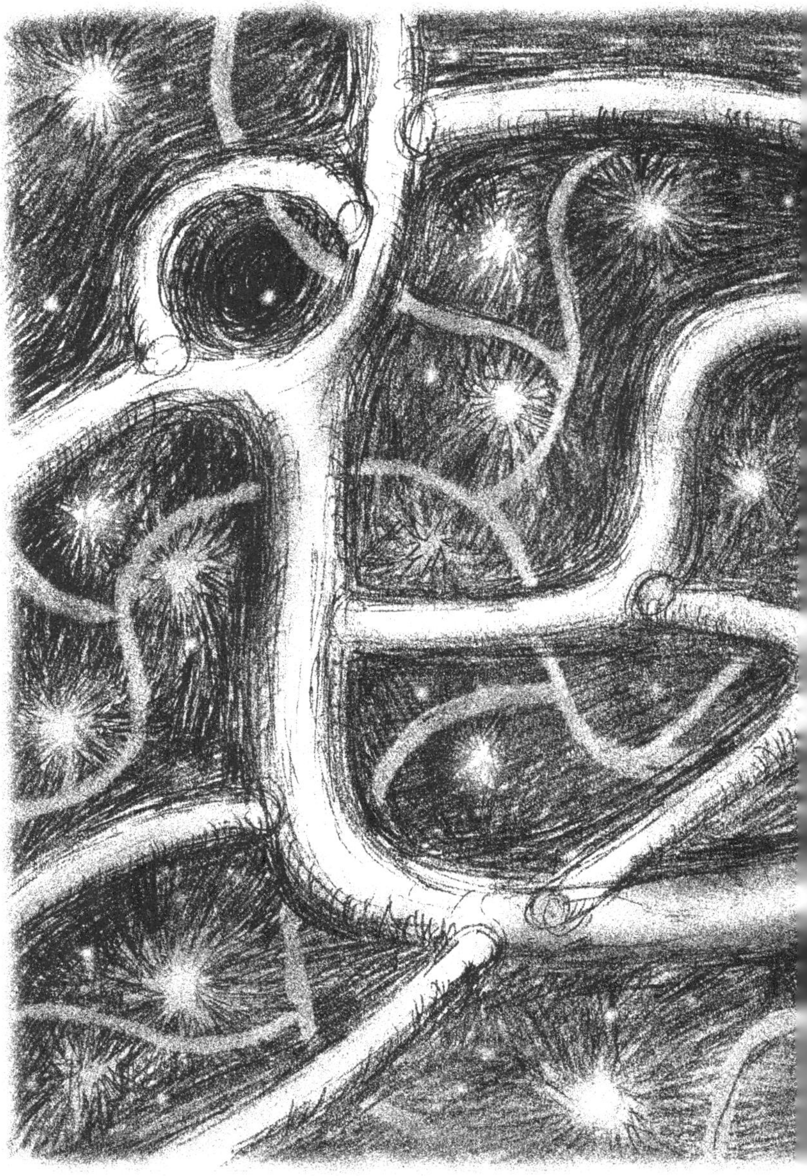

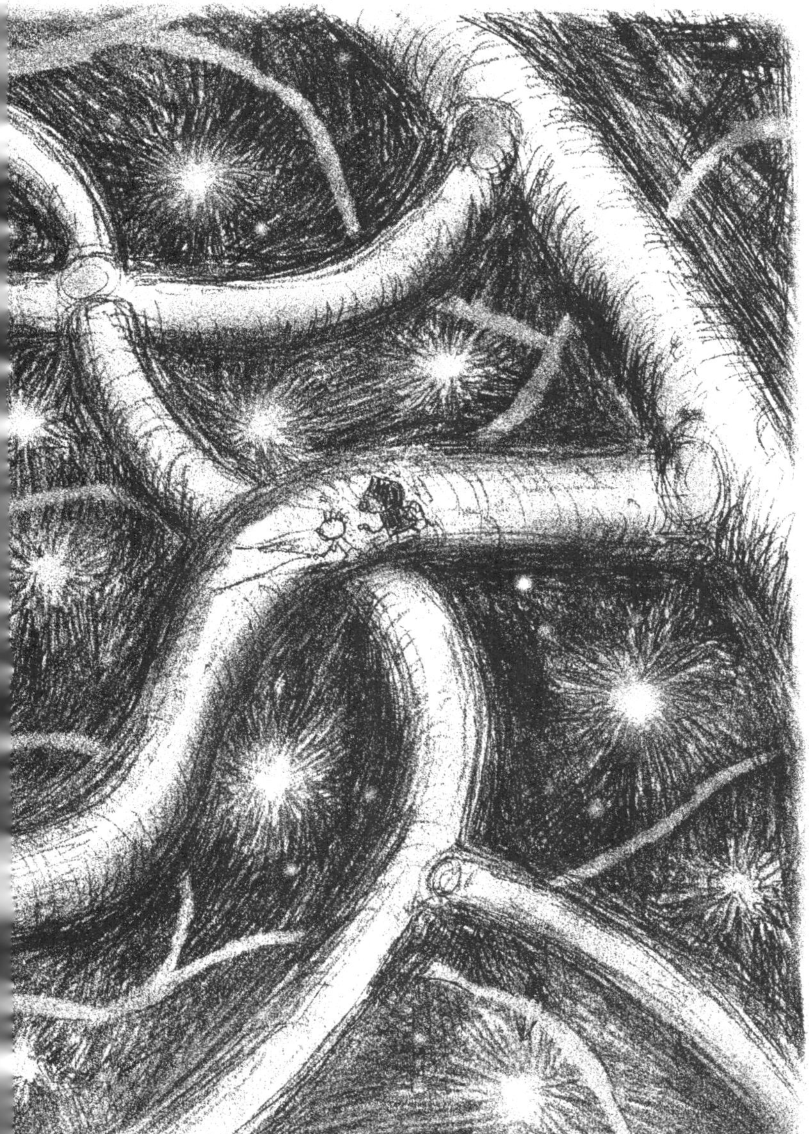

11月11日
不思議な地下道

　昨日はとても疲れた。今日は昼を過ぎても、眠かった。夕方になっても、ぼーっとしていた。まるで精気を吸い取られたみたいだ。

　リム君によると、雑念が入ると、ゴールまでたどり着けないのだそうだ。

　雑念で道に迷うとは、おかしな話だ。自然の森なら、草が茂って獣道が消えてしまい、しばらくするとまた別の獣道ができることがある。こうして道が変わるため、森ではよく道に迷う。しかし人工的に掘られた地下道では、道が消える心配はない。いくら複雑でも、きちんと道を覚えれば、迷うことなどないはずだ。

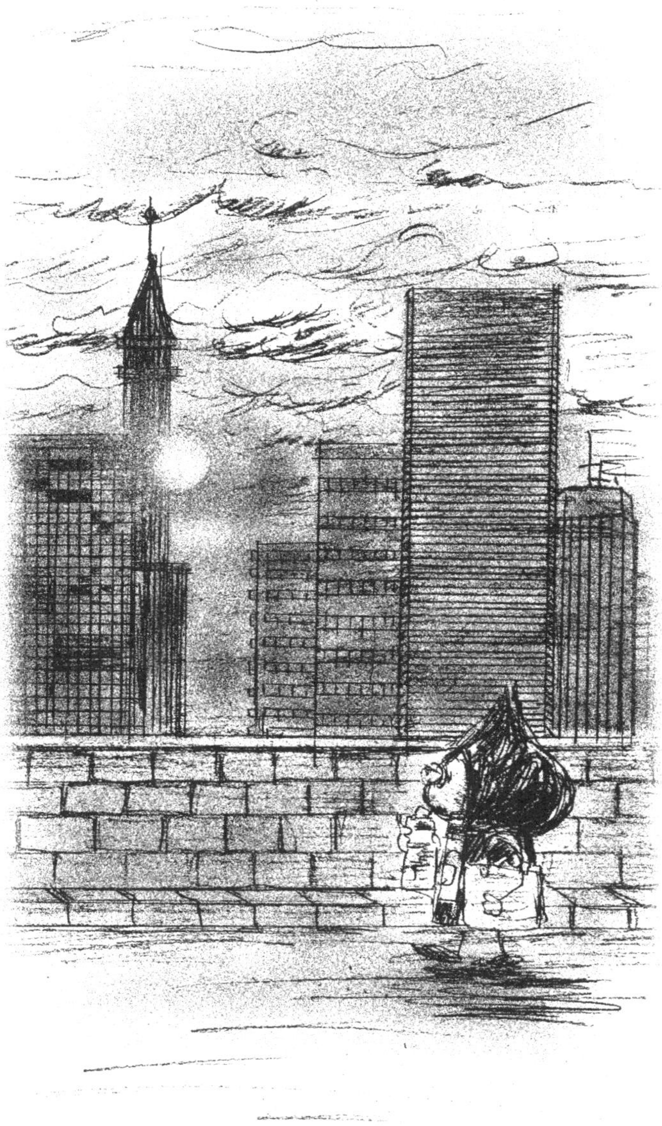

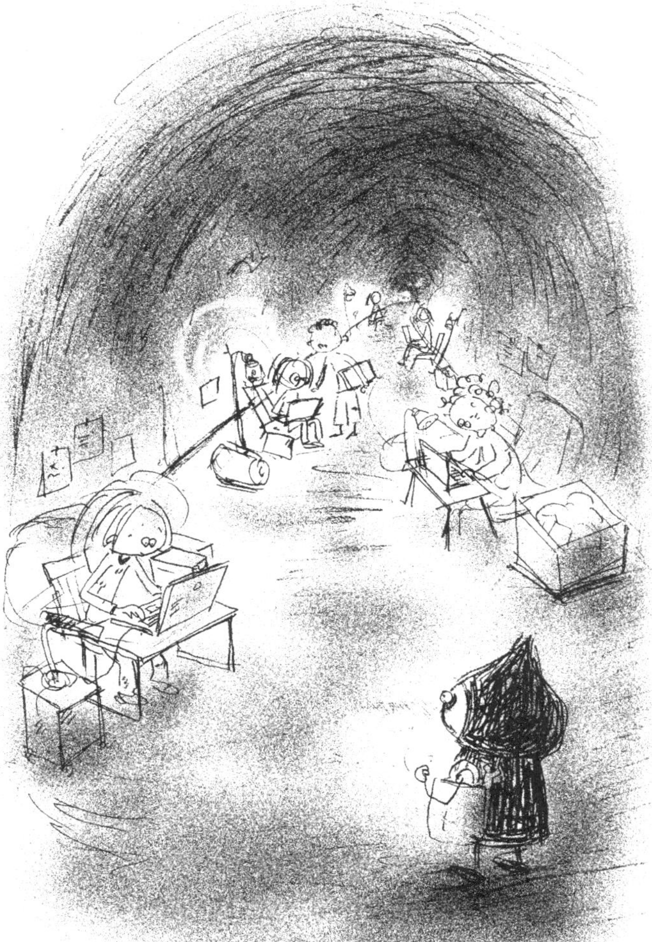

11月12日
おかしな感覚

　1日休むと、少し気分がよくなった。しかし、半分寝ているようなおかしな感覚は、まだつづいていた。

　横穴の中は、妖魔やベタベタした虫や、形のはっきりしないアメーバ状のものが、たくさん蠢(うごめ)いていた。異界のものたちが、ますますはっきり見えるようになってきた。今までわたしに見えていた妖魔は、ほんの一部にすぎなかった。

　わたしはもう一度、リム君の辿った道を歩くため、彼のお城に出かけた。ところが、歩き出してしばらくすると、なぜか違う道に出てしまった。どうしても、あの細い無人の横穴や坂道には出られなかった。

　わたしは仕方なく、線路をまたいで別の横穴を歩いた。はじめて他の横穴の住人を見た。絵を描いている人がたくさんいる横穴や、パソコンに向かっている人ばかりの横穴もあった。掃除道具がたくさん置いてある横穴もあった。

　横穴には、想像以上に、さまざまな人たちが暮らしていた。

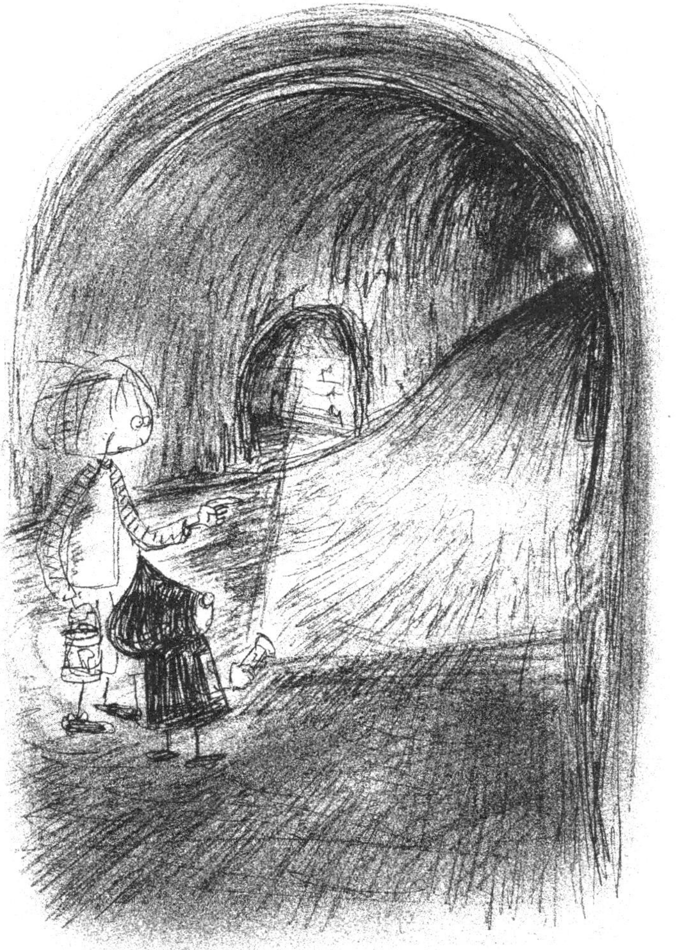

11月13日
化けものの秘密

　また横穴の探検に出かけた。

　人が住んでいる横穴の途中に、ポッカリと誰もいない空間が広がっていた。その空間を避けるようにして、寝床がつづいていた。そこには、左右に別の横穴の入り口があった。ここも化けものの通り道のようだった。

「この広場、なんだかもったいないですね。」

　わたしは近くに住む人に、なにげなくそう言った。

「化けものの通り道だから、しかたないさ。ここにいると、毎日変な音が聞こえてきて、怖いったらありゃしないよ。

　それに、この広場をよく見てごらん。少し窪んでいるだろう。化けものの通り道は、大雨が降ると浸水するっていう話だ。オレは、浸水したところを見たことはないけどな。古い住人は皆そう言っている。」

　地下に棲息し、浸水する場所を好んで通るところを見ると、もしかしたらあの蛇の化けものは、太古から存在する大地と水の精霊とも考えられる。下の人たちは、化けものの通り道を尊重して譲ったことで、結果的に浸水の被害から守られているのではないだろうか。

11月14日
電車の夢

　昨日の晩は、おかしな夢を見た。見たことのない電車に乗る夢だ。その電車に乗ると、二度と降りられなくなった。電車の外には、同じ景色が延々とつづいていた。

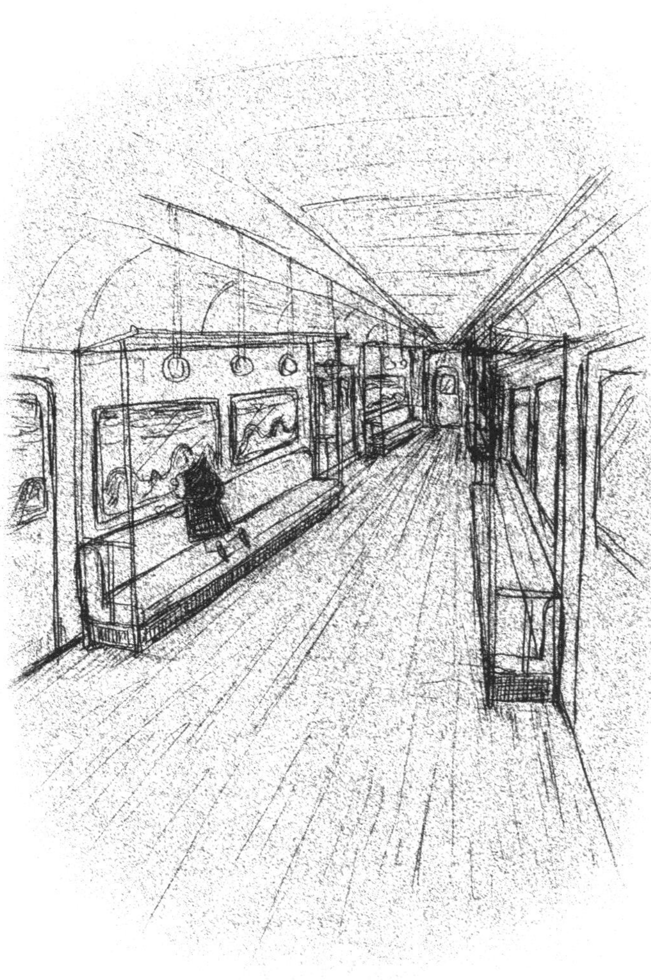

11月15日
心霊現象

　上で不思議な現象が起こった。

　ある地下鉄の入り口近くにある、ビルの窓ガラスが、粉粉に砕け散ったのだ。テレビでは、ガラスが割れるところを撮影したホームビデオの映像が、繰り返し流れていた。「誰かが窓ガラスを破壊した形跡はありません。このように、パーンという音とともに、ガラスだけが突然砕け散っています。このビルの窓は、強化ガラスだそうです。現在、原因を究明中ですが……。」

　キャスターは、深刻な表情でニュースを伝えていた。

　異世界のものたちは、物質に影響を及ぼすことができる。ガラスが割れたのは、あきらかに心霊現象だ。

11月16日
ヤマタノオロチ？

　ガラスを割ったのは、地下鉄の化けものだという噂が、あっという間に広まった。何か奇妙な事件が起こるたびに化けもののせいにするのはどうか、という意見もあったが、それはごく少数だった。
「地下鉄の大蛇の話は、もうずいぶん前から知ってるよ。」
　3人組の男の人がそう言った。
「秘書の女性で霊感の強い人がいるんだ。その人が大蛇を見たんだって。」
「8つ頭のある大蛇の化けものだから、ヤマタノオロチっていうらしいよ。」
「大蛇の化けものは、必ず地下鉄の出入り口から出てくるんだ。」
　3人組の1人が言った。
「あなたたちは怖くはないの？」
　わたしがそうたずねると、3人は顔を見合わせた。
「ボクは、あの化けものに守られているような気がするんだ。どうしてそう思うのか、よくわからないんだけどね。」
　1人がそうつぶやいた。

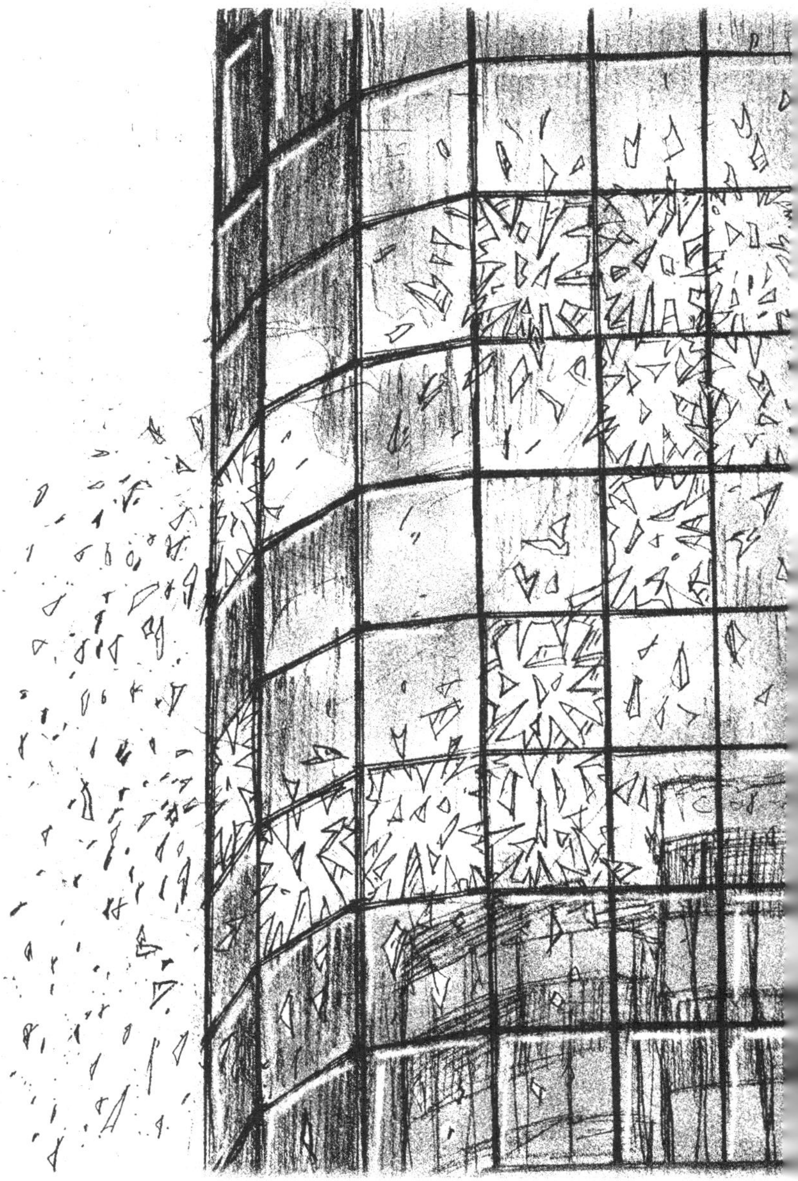

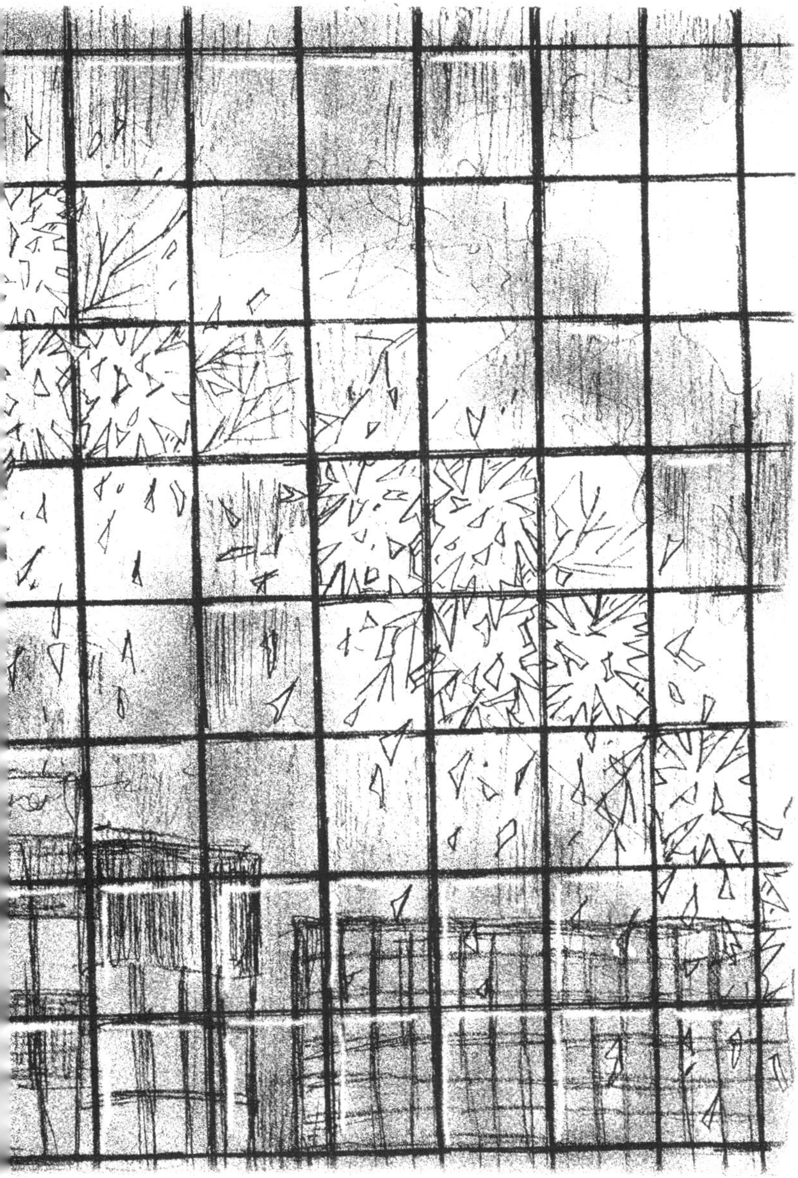

11月17日
デタラメな噂

　今日もあちこちのビルで、窓ガラスが割れた。
　テレビのニュースでは、科学者が、熱でガラスが膨張して割れたのだと主張していた。
　しかしそれとは別に、自称心霊研究家たちが、いろんな番組でヤマタノオロチ説を煽っていた。番組では、司会者が心霊研究家の相手をしていた。
「するとヤマタノオロチは地下に棲む霊体なのですね。霊体は地球のエネルギーを自在に使うことができる、と。先生のお話をまとめますと、ヤマタノオロチは地球のエネルギーを使ってガラスを割った、ということになりますね。ところで、肝心の霊体とはどういうものなのか、今ひとつわからないのですが……。」
　司会者はそう言うと、口ごもってしまった。
　まったくひどい番組だった。科学の説明だけではつまらないので、心霊研究家を呼んで面白おかしく演出しているとしか思えなかった。上の人たちは、本当に化けものが存在するとは思っていないようだった。
　地図の上で、ガラスが割れた場所に印をつけて線で結ぶと、悪魔の印ができるという説まで広まっていた。さらに、ホワイトポニーのタリズマンだけが、悪魔の印をガードできるという噂も流れていた。
　まったくデタラメな話だった。そんなことをしたら、かえって大変なことになる。ホワイトポニーのタリズマンは、危険きわまりない代物だ。

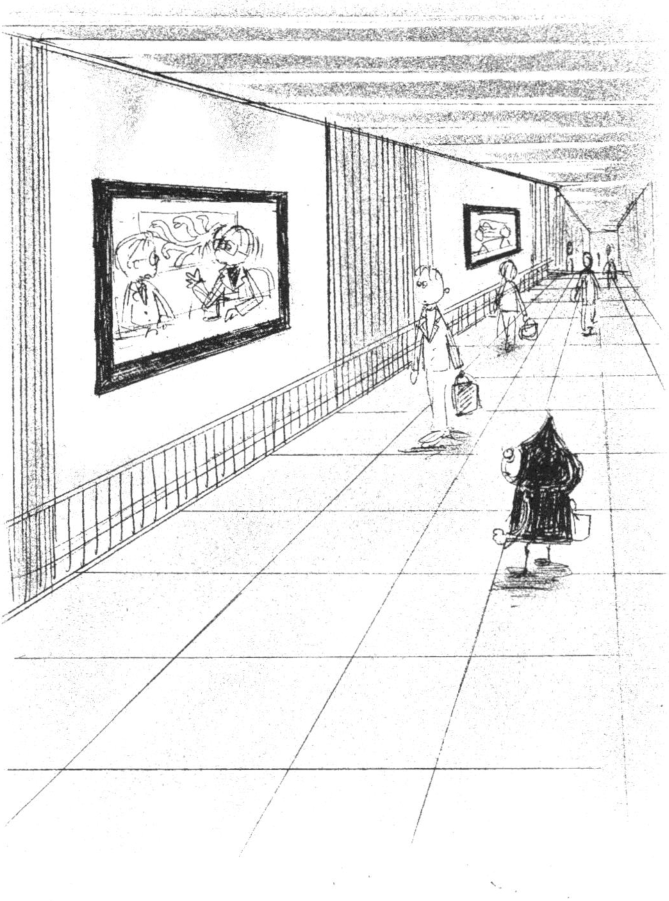

11月18日
想念の渦

　寝入りばなに、ごちゃごちゃ人の話し声が聞こえてきた。声といっても言葉ではなく、いろいろな「思い」が飛んでくるような感じだ。上の人たちの想念が、地下を漂っているのだろうか。

　昨日聞いたような怪しい噂を流しているのは、じつは人間ではないのかもしれない。何ものかが人間に憑依(ひょうい)して、おかしな知識を吹き込んだのかもしれない。

　たくさんの人間が混乱すると、混乱した意識が「想念の渦」のようなものになる。すると混乱に乗じて、生き霊やモヤモヤが動きだすのだ。

11月19日
笑えない

　いつもの3人組が、携帯電話でテレビを見ていた。わたしも一緒に見せてもらった。
　テレビでは、化けものについて討論会が行なわれていた。最近は、この手の番組がたくさん流れている。
「化けものは、傲慢な人類に警告しているのです。」
「わたしは降霊術で化けものと話すことができます。」
「じゃ、やってみろ。」
「化けものや幽霊は幻想にすぎません。」
「これだけの人間が見ているのに、幻想だというのですか？」
「わたしは降霊術で……。」
「お前はもういい！」
　討論はあっという間に支離滅裂になり、観客の笑い声でいっぱいになった。
　しかし、わたしは笑えなかった。下の住人たちも、誰一人として笑ってはいなかった。彼らは、地下の化けものを、上の人間のようには考えていなかった。下の人たちは化けものを恐れてはいたが、決して邪険にはしていなかった。

11月20日
化けもの退治

　化けものを退治すると豪語する魔術師や妖術師が、ぞくぞくと名乗りをあげているそうだ。ニュース番組では、化けもの退治のようすが映し出されていた。ちゃんとした報道番組に、おかしな魔術師の姿が映ると、ますます滑稽な感じがした。

　魔術師たちは、順番に地下鉄の出入り口に立ち、必死の形相で呪文を唱えていたが、次々にその場で倒れたり、血を吐いたりした。

「どうせ、やらせでしょ。」
「ホラー映画みたいだな。」

　通りすがりの人たちは、そう言って笑った。

「人気の魔術師ホワイトポニーも、化けもの退治に志願してくれるといいですね。」

　キャスターは、大まじめな口調でそう言った。

　わたしは、頭の上の方がぞわっとするのを感じた。これはやらせでも演出でもないことが、わたしにはわかった。想像していたより、事態は深刻だった。

「いよいよ、君の出番がきたようだ。」

　人影が、浮き足だったようすでそう言った。

11月21日
都会は真っ黒

　視線を「魔術の目」に切り替えると、今や大都会の空気はモヤモヤで真っ黒だった。胸がずんと重くなった。

　最近は、モヤモヤや妖魔を見たいときだけ、視線を変えることができるようになった。特に修行をしたわけでもなく、自然にそうなった。身体が都会の環境に合わせて、勝手に反応しているのかもしれない。

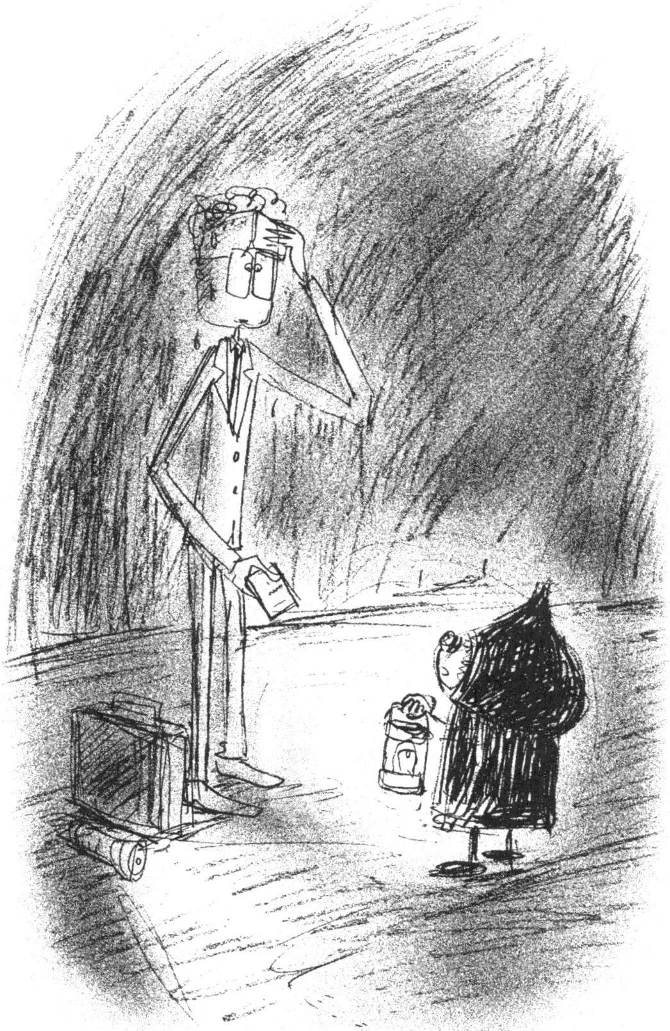

11月22日
突然の訪問者

　バタバタと大きな足音がしたと思ったら、目の前に息を切らした男の人が立っていた。
「あなたがスプーさんですね。ずいぶん探しました。」
　見知らぬ人が、ハンカチで汗を拭きながらそう言った。一目で上の住人であることがわかった。
「わたしは、こういう者です。」
　彼は名刺を差し出した。名刺には「ポニー芸能事務所」と書いてあった。この人の肩書きはマネージャーだった。わたしはホワイトポニーとも、この事務所の人間とも、面識はない。わたしを探しに来たって、どういうことなのだろう？
「お前をスカウトしに来たんだぜ。」
　人影が、はしゃぎだした。
「突然で失礼かと存じますが、どうしても、あなたをある場所にお連れしたいのです。どうかご足労願えませんでしょうか。」
　ホワイトポニーのマネージャーは、せっぱ詰まったような声でそう言った。
「お断りしてもいいんでしょうか。」
　わたしがそう言うと、マネージャーは「それは困ります。断じて困ります」と言って泣きそうになりながら、さらにつづけた。
「ホワイトポニーを助けてください。」

11月23日
車の中で

　上に出ると、黒塗りの立派な車に乗せられた。マネージャーは、何とか冷静さを装いながら言った。
「じつはホワイトポニーが、突然、高熱で倒れてしまったのです。熱が上がる一方で、医者に診せても何の病気かわからないんです。最初は過労かと思ったのですが、違うようです。何だか様子がおかしいのです。そのうち体が鉛のように重くなって、ベッドから動かせなくなりました。
　仕事もどんどん溜まっていますし、ヤマタノオロチ騒ぎでインタビューの依頼も殺到しています。しかしこの状態では、お手上げです。
　ホワイトポニーは熱にうかされながら、地下にいるスプーという人を呼んでくるように、としか言いません。ほかにどうすることもできないので、あなたを探していたのです。」
　ホワイトポニーは、どうしてわたしのことを知ったのだろうか。やはりホワイトポニーは本ものの魔術師なのだろうか。もしそうなら、魔術儀式などで精霊から聞いて知ったとも考えられる。しかし、そんな力があるのなら、わたしに助けを求めるとは思えない。自分の力で何とかできたはずだ。一体、何がどうなっているのだろうか。
　わたしはマネージャーの話を聞きながら、窓の外を見ていた。すると、すごい数の亡霊や妖魔が、どこかに向かって飛んでいた。亡霊たちは、この車と同じ方向に向かって走っていた。

11月24日
ホワイトポニーの正体

　窓の外を見ると、遠くに高いビルがいくつもそびえ立っていた。車は大通りを曲がり、そのビル群に入っていった。そこはピカピカの高層マンション街だった。

　マネージャーは、とてつもなく広いロータリーをぐるりとまわり、立派なエントランスの前で車を止めた。わたしたちは巨大な自動ドアをくぐり抜け、大理石の床を歩き、大きなエレベーターに乗った。エレベーターは、マンションの最上階へと駆け上がった。エレベーターを降りると、右手に大きな窓が見えた。窓の外には、見たこともない数の魑魅魍魎が、びっしりと張りついていた。わたしは「ぎゃっ」と叫んで窓から離れた。

「これは一体、何の騒ぎだ！？」

　さすがの人影も驚いたらしく高い天井まで飛び上がった。

　マネージャーがホワイトポニーの家の玄関ドアを開けると、広々としたスペースの向こうに、長い廊下が延びていた。廊下には、たくさんの人形や絵が飾られていた。人形や絵には、幽霊が棲みついていた。幽霊たちは、人形の目を借りて、この世をながめていた。わたしは慌てて「魔術の目」を閉じた。

「こちらです。」

　マネージャーは神妙な顔をして、わたしをホワイトポニーの寝室に案内した。寝室には、ホワイトポニーの作品が山のように飾ってあった。

　わたしが呼ばれた理由が、ようやくわかった。ベッドに寝ていたのは、パンジーだった。

138

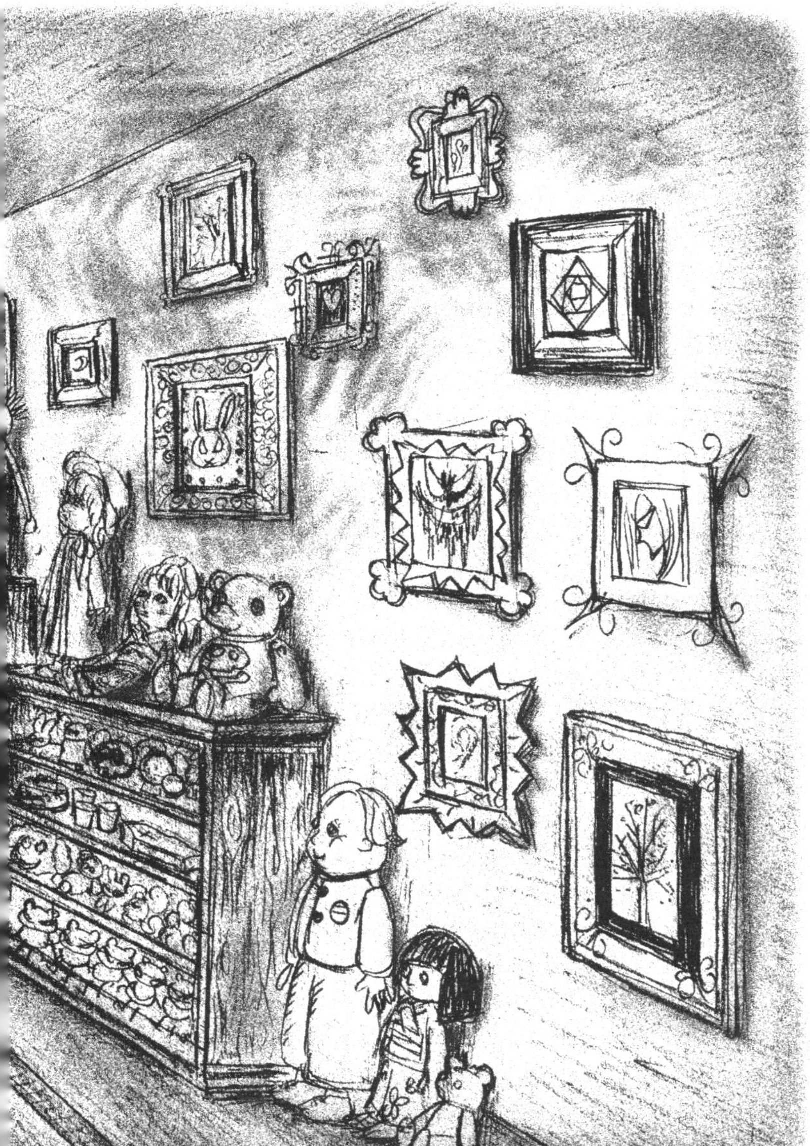

11月25日
銀色の物体

　わたしは、おそるおそる「魔術の目」に視線を変えた。寝室には幽霊や妖魔、モヤモヤが渦巻いていた。ペットの幽霊までが、山のように集まって、狂ったように吠えていた。
「スプー、助けて……。」
　パンジーは、ときどき目を覚ましては、また悪夢の中に戻っていった。
　亡霊たちは、壁に掛けられたホワイトポニーの作品に群がっていた。わたしは、真ん中に飾られたベルトのバックルに目を止めた。金属製のバックルは美しい曲線を描いて銀色に輝いている。亡霊を引き寄せているのは、この銀色の物体だった。
　バックルは、亡霊や魑魅魍魎を鎮めるタリズマンを、ちょうど逆さまにしたようなデザインだった。タリズマンを逆さにすると、その逆の意味を持つ。たとえば、幸せのタリズマンでも、逆さにすると不幸のタリズマンになるというわけだ。これは「逆さ呪詛」といって、黒魔術に匹敵する力を発揮する。
　亡霊たちは、もっと生きたい、食べたい、お金が欲しい……と欲望をむき出しにして、タリズマンに群がっていた。部屋いっぱいに、何かが腐ったような匂いが漂ってきた。
「こいつらは餓鬼だ。黒魔術で祓ってしまうしかない！」
　人影が叫んだ。

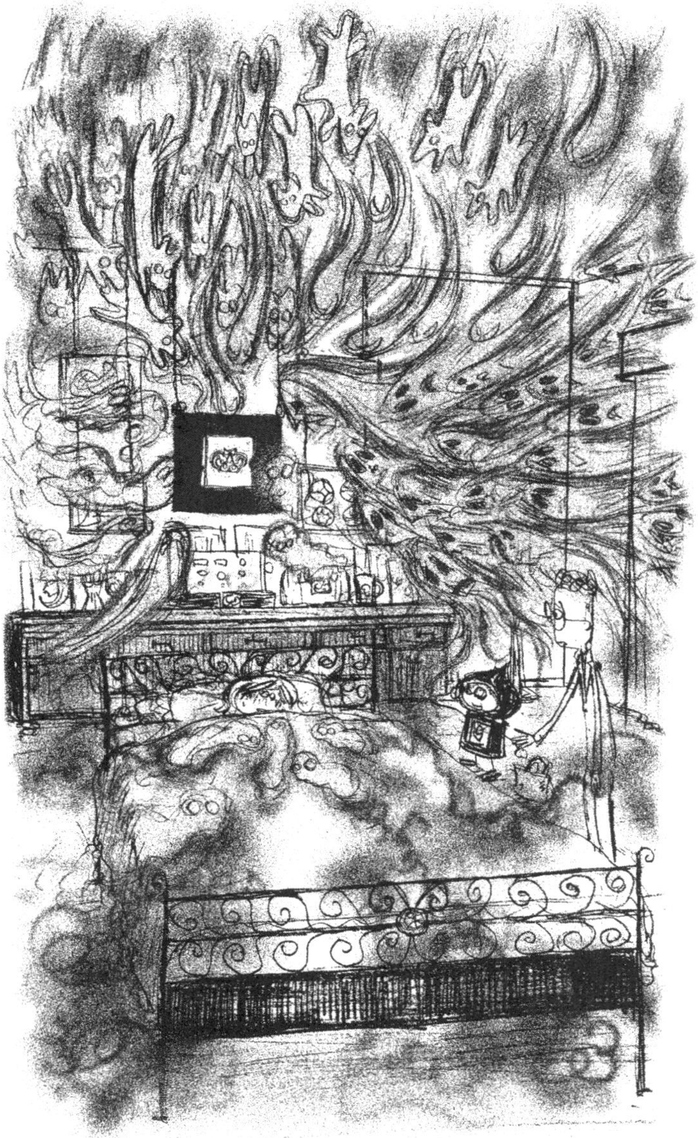

11月26日
荒ぶる精霊

　そのときだった。
　ギギギギギギギギ、ギュルルル、グルルル……。
　金属音とも動物の声ともつかない、奇妙な音が聞こえてきた。前に地下で聞いた、あの音だった。
　ふと見ると、ヤマタノオロチが窓の外を飛んでいた。人影が「ひゃっ！」と叫んで飛び上がった。ヤマタノオロチは窓ガラスをすり抜けると、寝室に入ってきた。そしてみるみるうちに、パンジーのベッドにぐるぐると巻きついてしまった。ベッドが何度もガタガタと浮き上がった。パンジーはまた気を失った。
「うわっ、ベッドが宙を……。」
　マネージャーは声にならない声を発して、部屋の隅まで逃げると、腰を抜かして立てなくなった。
　ヤマタノオロチは、地下の化けものと同じ奇妙なエネルギーを放っていた。地下で見た透明な蛇の正体は、ヤマタノオロチだったのだ。魑魅魍魎ですらヤマタノオロチにたじろいで、部屋の隅で固まっていた。
　ヤマタノオロチは決して悪鬼ではない。荒ぶる大地と水の精霊だ。自然の精霊は、人間や亡霊たちのように自分勝手な欲はない。自然の理で活動するはずだ。するとヤマタノオロチは、パンジーのタリズマンや、それに同調する亡霊たちの想念が気にさわったから、ここにやって来たということになりはしないか。人間の小さな悪想念も、積もり積もれば精霊にまで影響を与えるということなのか。果たしてその解釈がどこまで正しいかはわからないが、とにか

く早く何とかしなければ、荒ぶる精霊はこのままパンジーを絞め殺してしまうかもしれない。

　わたしは、壁に掛けてあるパンジーの作品をすべて外し、一カ所にまとめた。
「何か大きな袋はない？」
　わたしがそう言うと、マネージャーが口をパクパクさせながらキッチンを指さした。わたしはキッチンの引き出しからゴミ袋を取り出し、作品を放り込んで袋の口をぎゅっと結んだ。さらに塩をふりかけて呪文を唱えた。しかし、小手先の魔術では、どうにもならなかった。

　目印のタリズマンを失った魑魅魍魎は、荒れ狂って部屋中を飛びまわった。ヤマタノオロチは、さらにつよくパンジーを締め上げた。人影はマネージャーの後ろで震えている。

　わたしは、必死で何か方法がないか考えたけど、焦れば焦るほど頭は真っ白になった。

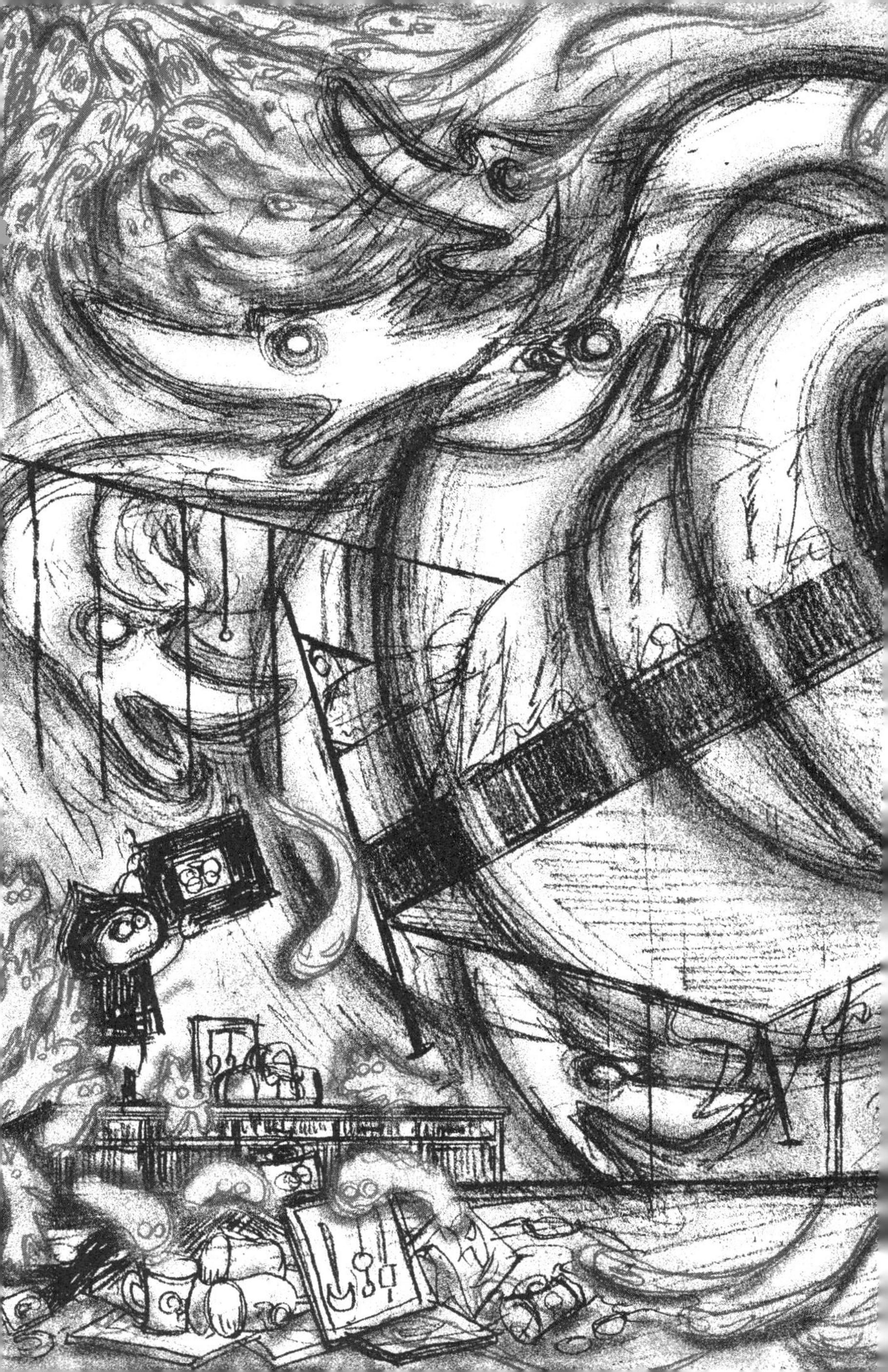

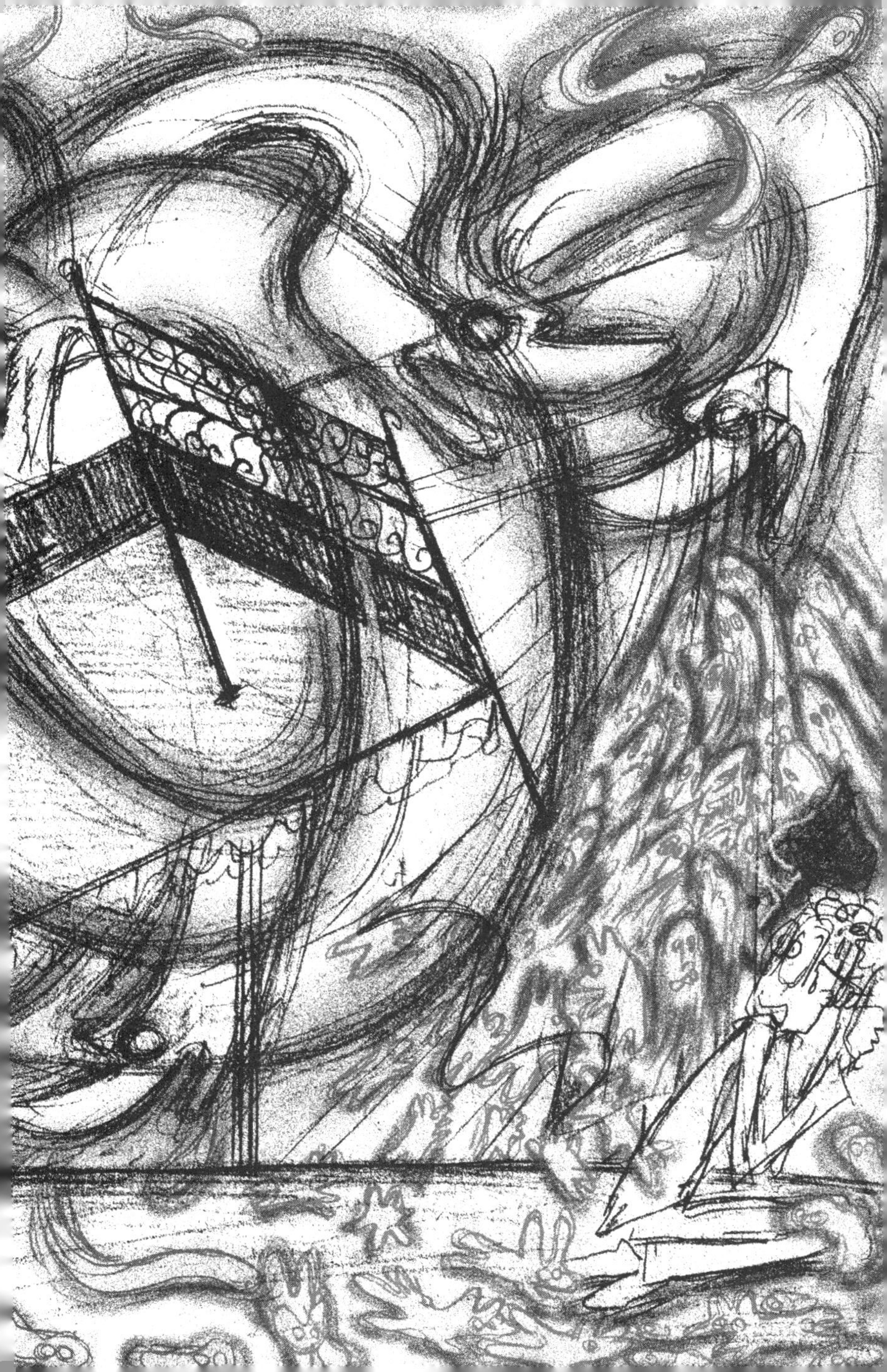

11月27日
黒い塊

 そのうちパンジーの頭上に、黒いモヤモヤの塊が集まってきた。わたしの心には、パンジーがヤマタノオロチの中に吸い込まれていく姿が浮かび上がった。もはや何もかも手詰まりだった。
 人影は「黒魔術！　黒魔術！」とわめき散らしていた。
「そんなものが、通用するわけはない！」
 わたしは人影を戒めた。
 その瞬間、わたしはポンと体外離脱をした。体外離脱というより、自分の分身が飛び出してきたみたいだった。背後でマネージャーの叫び声が聞こえた。
 黒いモヤモヤの塊が、いっそう大きく膨れあがった。黒い塊は、まるで地下の横穴のように、奥行きがあるのがボンヤリ見えた。わたしは吸い込まれるように、黒い闇の中へと入って行った。

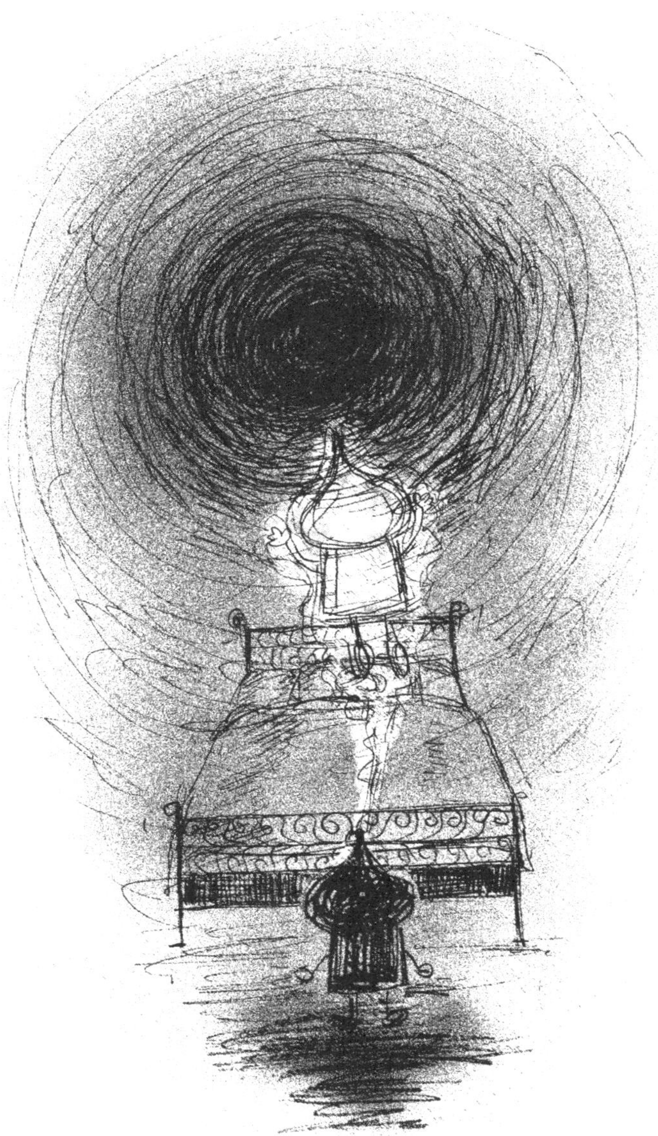

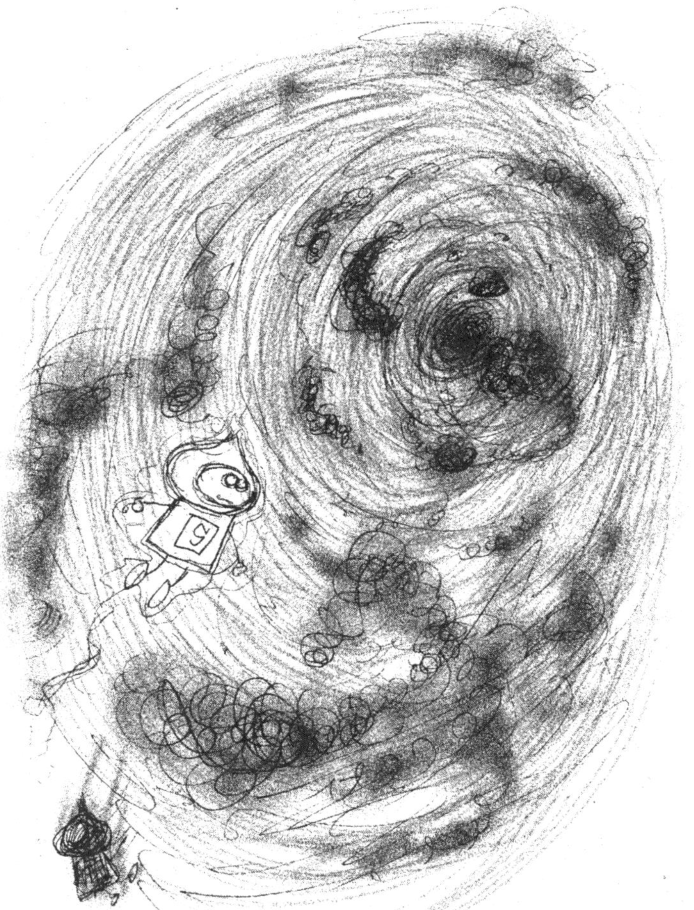

１１月２８日
黒いトンネル

　黒い塊の中は、まるでモヤモヤでできたトンネルのようだった。そこには見覚えのあるモヤモヤがたくさん飛び交っていた。以前、チャーム・ストアで出会った、モンスターのようなモヤモヤもいた。
「そんなところに行っても何もないよ。黒魔術で……。」
　人影は、途中でわたしについて来られなくなった。何かしゃべりながら、もと来た方へ飛ばされていった。
　しばらくトンネルの中を行くと、モヤモヤたちの声が聞こえてきた。彼らは、人の心の一部だった。
「疲れた。」
「辛い。」
「苦しい。」
「呪ってやる。」
　そんなつぶやきが、生き霊のように独立して動きまわっていた。それがモヤモヤの正体だった。生きている以上、誰でも何らかの形でモヤモヤを放っている。不安や不満や苦しみのない人間など、この世にはいないからだ。
　わたしは、チャーム・ストアに来ていたお客さんのことを思い出した。あのときはモヤモヤに耐えられず、黒魔術でお客さんを追い払った。だけどモヤモヤは完全に消えることはなかった。その理由が今になってわかった。この世にいる限り、モヤモヤは生まれつづけるのだ。むしろわたしは、モヤモヤと向き合わなければいけなかったのだ。
　しばらくすると、モヤモヤのトンネルを通りすぎていた。気がつくと、わたしは誰かの部屋にいた。

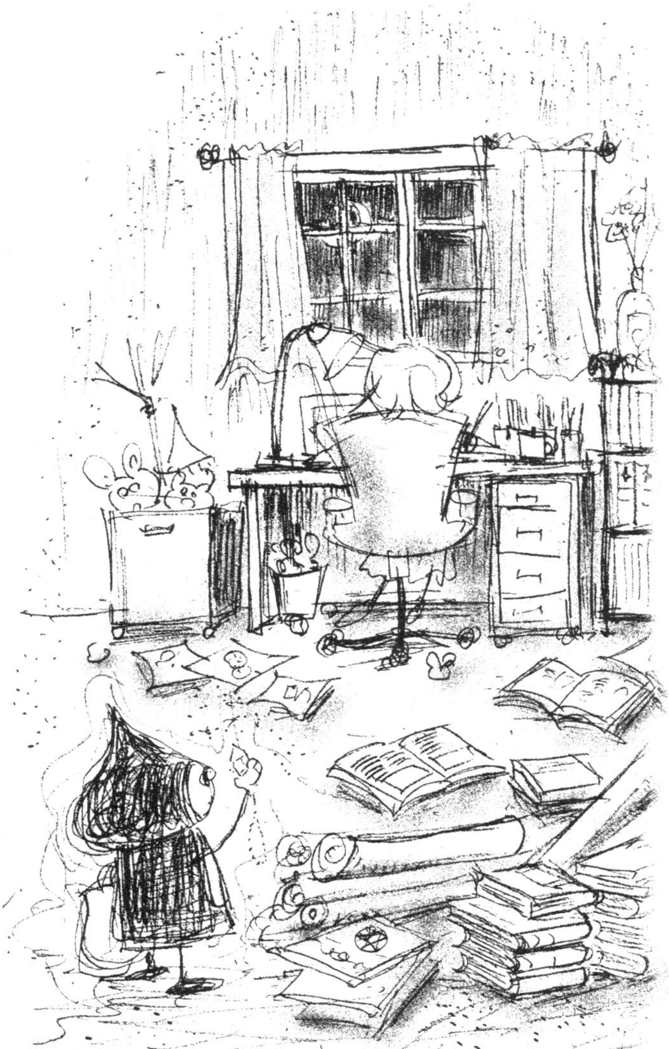

11月29日
パンジーの心1

　見知らぬ部屋の中には、紙きれや本が山積みになっていた。そこはパンジーの仕事部屋だった。パンジーは、真夜中に煌々と灯りを照らし、仕事に没頭していた。

　わたしはバッグの中から、クリスタルのペンダントを取り出した。するとクリスタルには、時計を巻き戻したように、パンジーの過去の姿が映し出された。

　パンジーは、この街にやって来る前は、小さな企画会社で、チラシや宣伝用グッズのデザインなどをしていた。どれも小さな仕事で、給料も安かった。

　しかし、その会社の上司はとても優秀だった。仕事の段取りには抜かりがなかった。だからパンジーは、きちんと絵を仕上げることができた。その上司はそのうち、パンジーに次々と難しい仕事を持ってきた。パンジーがめげそうになると、「使える人間以外は必要ないのよ！」と言った。

　パンジーは上司のきつい言葉を、額面通りには受け取らなかった。きっと上司は、自分のことを励ましているのだろうと思った。パンジーはどんなに難しい企画でも、努力して仕上げた。次第にパンジーの部署は、売り上げが伸びていった。上司はとても喜んだ。

　パンジーは、だんだん小さな会社で働くことに、満足できなくなってきた。パンジーは、とうとう会社を辞めて大都会に出ることにした。

　クリスタルに、パンジーの元上司の映像が大写しになった。驚いたことに、その人は、わたしのおかあさんだった。

11月30日
パンジーの心2

　パンジーは、わたしのおかあさんと出会ったことを、運命だと感じていた。
「あたしが都会に出てもやっていけたのは、あの人が厳しく育ててくれたおかげよ。」
　クリスタルの映像は、別の場面に変わった。
　パンジーは大都会で小さな部屋を借りると、まずはデザイン事務所の門を叩いた。いくつかの会社にトライして、ようやく仕事が決まった。パンジーは、この大都会で誰の助けも借りず、たったひとりで生きていた。パンジーは、休日になると街へ出かけて、若い女の子たちを観察し、何やらメモを取った。別の日には、本屋で資料を山のように買った。ファンションビルをくまなく見てまわる日もあった。
「はやくこんな事務所を辞めて、独立しなきゃ。」
　パンジーは、イラストレーターとして成功するため、何がウケるのか、必死でリサーチをしていたのだ。友だちもろくに作らず、仕事とリサーチだけの生活が何カ月もつづいた。パンジーはパソコンでリサーチの結果をきちんとまとめた。わたしのおかあさんの仕事のやり方にそっくりだった。
　そのうちにパンジーは、「おまじない」というアイデアにたどり着いた。おまじないやお守りといった不思議な世界は、幅広い層にウケることを知った。パンジーの部屋には、タロットカードや魔術の資料がどんどん増えていった。
「これは絶対当たる！」

パンジーは、タリズマン風の絵をお守りグッズとして描き、あちこちに売り込みに行った。パンジーの思惑は当たった。絵はシールなどの商品となり、次第に仕事がまわりはじめた。本も出版して、仕事は軌道に乗った。しかしパンジーにとっては、それでもまだ成功とは言えなかった。
「まだヒットとはいえない。何かが足りないわ。」
　パンジーはいつもそう感じていた。

December

12月　地下鉄の精霊

12月1日
妖術使い

　また映像が変わった。クリスタルは、打ち合わせ場所のカフェに行くパンジーを映し出した。カフェでは学生たちが、地下の化けものの噂で盛り上がっていた。
「都市伝説か。何かいいネタがあるかもしれない。」
　仕事が煮詰まっていたパンジーは、地下の都市伝説をリサーチすることにした。
「そういうことか……。」
　わたしは、がっくりと肩を落とした。そしてクリスタルから目をそらした。その後の映像は見るまでもなかった。パンジーは地下に忍び込み、わたしとリム君に出会うことになるのだ。クリスタルの映像は、まだつづいていた。
「スプーはまるで本物の魔法使いみたいだわ。わたしの商品には、このリアリティが足りなかった。」
　パンジーは、わたしから聞いた話を参考に、デザインに修正を加えていった。
「地下鉄に横穴があるなんて驚いたわ。あたしは、あんな風にはなりたくない。あそこは貧乏人が行き着く地獄よ。でもスプーには価値がある。わたしはそれをうまく利用して、絶対成功してやるわ。」
　パンジーはそう強く念じながら、真夜中まで机に向かった。自分が世界一賢い人間になったような気がした。闘志がメラメラと燃えあがった。この夜、パンジーが描いたタリズマンには、得体の知れない力が宿った。夜空には、下

弦の月が怪しく光っていた。

　パンジーの新作は、この上なく美しく仕上がった。このタリズマンは、タレントや財界人を魅了し、高級なアクセサリー・デザインや、出版の仕事が次々と決まった。テレビ出演も決まった。本が急激に売れ出したのも、そのせいだった。

　パンジーは、まるで妖術使いのようだった。成功したいという一心で生きるうちに、心に魔が宿った。そしてとうとう、餓鬼を呼び寄せるタリズマンを作ってしまった。たくさんのタレントや財界人が、餓鬼に引っ張られて集まってきた。

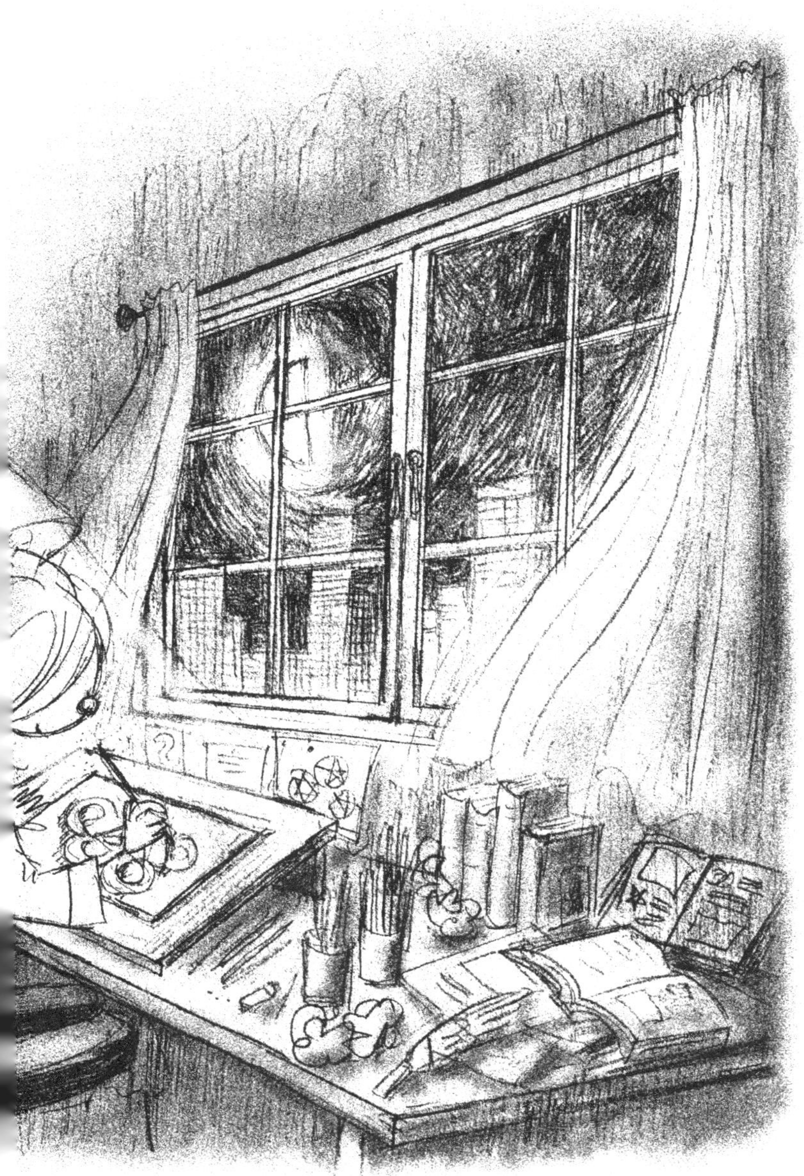

12月2日
パンジーとわたし

　パンジーとわたしのおかあさんは、お金と成功と仕事の効率にしか興味のないところが、よく似ていた。闘争心むき出しの性格もそっくりだった。世の中では、おかあさんのような人が歓迎される。パンジーは、わたしのおかあさんに憧れていた。

　しかしわたしは、おかあさんを好きにはなれなかった。おかあさんは、いつもわたしに、学校から帰ったら脇目もふらずに宿題をすませてお風呂に入って寝なさいと命令した。わたしはそれが嫌でしょうがなかった。やがてわたしは、窓の外に妖精が飛んでいないかと、ぼんやり空想にふける子どもになった。

　ただわたしは、パンジーのことは嫌いにはなれなかった。

　パンジーは、たとえ魔に翻弄されていても、美しく不思議な絵を描いた。パンジーは、不思議なものやきれいなものに感動する心を持っている。そうでなければ、あんな絵が描けるはずはない。

　考えてみれば、わたしはおかあさんに反発して魔術を志した。パンジーは逆に、おかあさんを尊敬し、過剰なほど俗世間にすり寄った。でも結局、2人は最後におかしな黒魔術に捕まってしまった。

12月3日
黒魔術の罠

　気がつくとクリスタルの中には、なぜか昔の自分が映っていた。わたしは小さな町で黒魔術に没頭していた。

　いくら森を守るためとはいえ、どうして危険な黒魔術に走ってしまったのだろうか。

　わたしは、現実の奥にある、本当のことが知りたかった。魔術はその答えを持っているはずだった。でも、今のわたしに、本物の魔術など使えるはずもない。それが自分の限界なら、今はこの状態を受け入れるしかない。

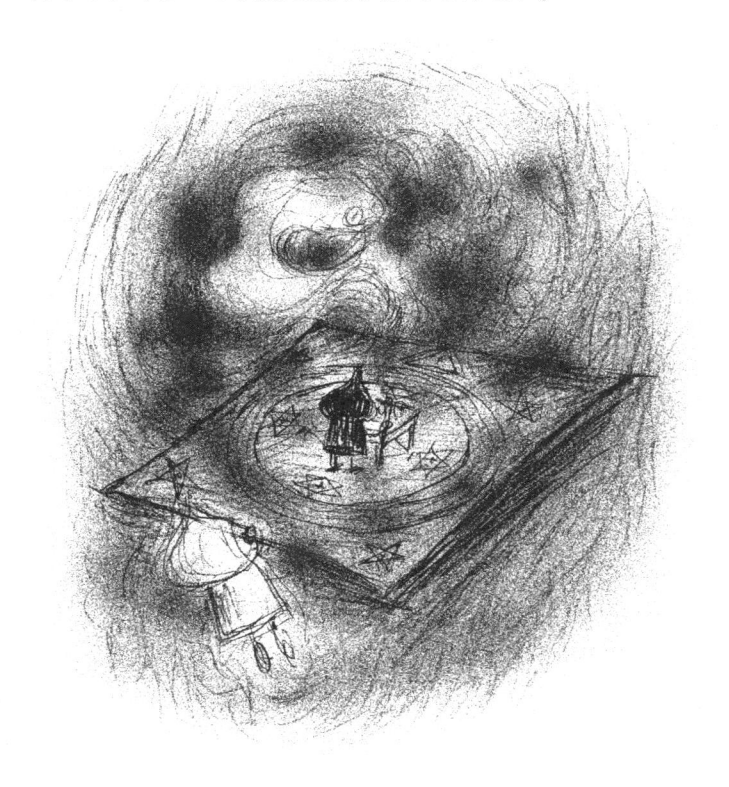

12月4日
賢い人

　クリスタルの映像は、さらに過去へと遡っていった。
　子どものころのわたしが、そこにいた。庭でハーブを摘んでいるのは、おばあちゃんだ。
「ほら、ニラブーが飛んでいる。今日はおいしいハーブティーがいれられるよ。妖精に感謝しなさい。」
　おばあちゃんは、わたしにそう言った。
　セージの葉のあたりに、ニラブーが飛んでいた。そうだ、わたしはこの日、初めてニラブーを見たのだ。わたしは魔術の修行をはじめるずっと前から、ニラブーを見ていたのに、すっかり忘れてしまっていた。
「お義母様、そろそろスプーを連れて帰りますね。」
　おばあちゃんと楽しく過ごしていると、よくおかあさんに邪魔をされた。わたしはそのたびに駄々をこねた。クリスタルには、泣きわめくわたしの姿が映った。
　クリスタルには、他の場面も映った。
　子どものわたしは、おばあちゃんの庭でハーブ採りに夢中になるうち、裏の林に迷い込んでしまった。するとおかあさんは、道しるべに赤い紙を落としながら、ひとりで林に入って行った。そして、自力でわたしを見つけ出した。おかあさんは、冷静で賢い人だった。帰り道では、ひどく怒られた。わたしはこのときも、楽しく遊んでいるところを邪魔されたように感じていた。

12月5日
心の魔

　わたしの脳裏には、生まれたときから今までの、おかあさんとのすべての場面が蘇った。もうそのときには、おかあさんに対して腹を立てる気持ちはなくなっていた。

　不思議な世界が好きで、つい現実を忘れてしまうわたしを、おかあさんはいつも守ってくれていたのだ。わたしを本当に心配していたのは、世界中でおかあさんだけだった。

　今まで、おかあさんは自分を非難しているのだと思いこんでいた。そんな自分勝手な思いが、知らず知らずのうちに魔を呼びこんでいたのだ。

　わたしがやっていたことは、パンジーがやったことと同じだったのかもしれない。わたしを黒魔術に向かわせたのは、おかあさんを呪う気持ちだったのだ。森を守るというのは言い訳に過ぎず、心の中の魔が、黒魔術を使わせたのだ。

　すべての映像が途切れると、わたしは静寂に中にいた。

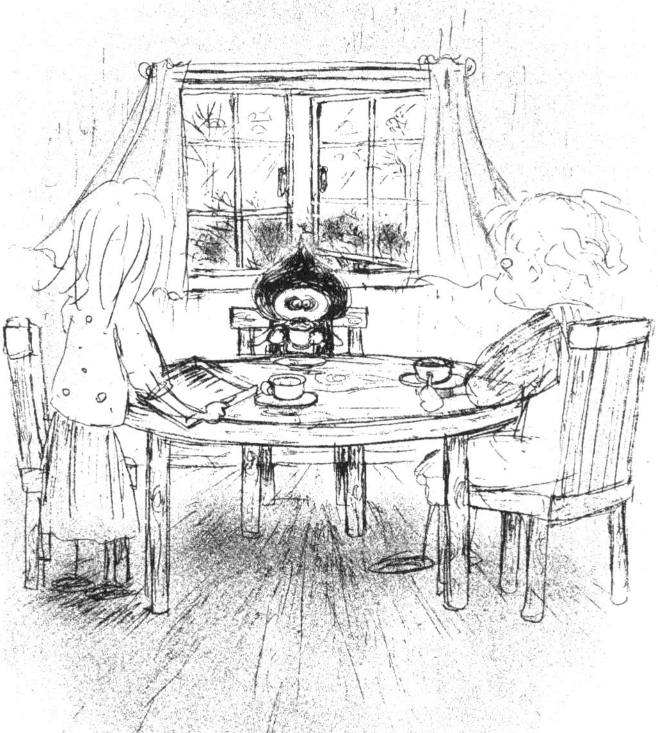

12月6日
おかあさんのハーブティー

　しばらくすると、わたしは別の場所にいた。古びた木のテーブルが置いてある部屋だった。昔、おばあちゃんが住んでいた家だ。なつかしい場所だった。
　テーブルには、おかあさんとおばあちゃんが向かい合わせに座っていた。
「あらスプーも来たの？　今、お茶をいれるわね。」
　おかあさんは、まるでいつものことのように言った。わたしは、いつもおばあちゃんがお茶をいれるのに、おかしいなと思った。
　しばらくすると、おかあさんが、かちゃかちゃと音を立てながら、ティーカップをトレイに乗せて持ってきた。
　わたしはカップを手に取り、ハーブティーを一口飲んだ。いつもとちがう味だけど、さわやかなミントの香りがした。
「おかあさんのハーブティー、おいしいね。」
　わたしはそう言った。
　おばあちゃんは、にっこり笑っていた。
　庭のハーブが風に揺れていた。

12月7日
白い霧の中の魔術師

　なつかしい部屋は、風といっしょに流れて消えた。

　次の瞬間、わたしは白い霧の中を飛んでいた。霧の中で、豪華な皮のコートを着たおじいさんが、いっしょに飛んでいた。この皮のコートのおじいさんは、小さな町に住んでいたとき、夢に出てきたことがある。リム君と初めて出会ったとき、透明な蛇を追いかけていたのも、このおじいさんだ。

　皮のコートのおじいさんは、「仙人」と呼ばれる魔術師だった。肉体はもうないけれど、現世と霊界を往き来できる特別な魂を持った、高い次元の魔術師だ。仙人は、今までずっとわたしの近くにいたそうだ。しかしわたしには、仙人の姿を見ることはできなかった。

「これから何をするかわかっているか？」

　仙人は、テレパシーを送ってきた。

　わたしは黙ってうなずいた。この瞬間、わたしには、この仙人が自分のマスターになることがわかった。

12月8日
花

　さっきから、わたしは手に種のようなものを握っていた。
　白い霧の中で、パンジーの部屋を思い浮かべて目を閉じた。目を開けると、わたしはもうパンジーの部屋にいた。ヤマタノオロチは、まだパンジーに巻きついたままだった。
　わたしは、黒い小さな種を空中に投げた。するとポンポンと音を立てて、次々に花が咲いた。まるい花びらの、美しい花だった。そのうち部屋は、花でいっぱいになった。
　パンジーは、花に気づいて目を覚ました。
「あたし、小さいころ、この花の絵を描いたことがある。」
　そのときだった。パンジーの身体の中から、黒いモヤモヤが、すーっと脱けていった。するとヤマタノオロチがパーンとはじけ飛んで、丸い光の玉になった。光の玉は、何百、何千の黄色いニラブーになって、舞い上がった。黄色いニラブーは、楽しそうに花畑を飛びまわった。やがてニラブーはいっせいに飛び上がり、窓の外に飛び出した。
「最後まで仕事をしなさい。」
　マスターの声がした。わたしは体外離脱したまま、ニラブーを追いかけて外に出た。わたしの次の仕事は、ニラブーたちを、地下に送りかえすことだった。魔術師の本当の仕事は、精霊と現世の間を取り持つことだ。
　夜空には、まるい月が太陽のように輝いていた。空を飛ぶ黄色いニラブーたちは、まるで金色の星のようだった。
　ニラブーたちは、蛇のようなかたちになって、地下鉄の入り口に吸い込まれていった。わたしはニラブーたちといっしょに、地下に潜った。

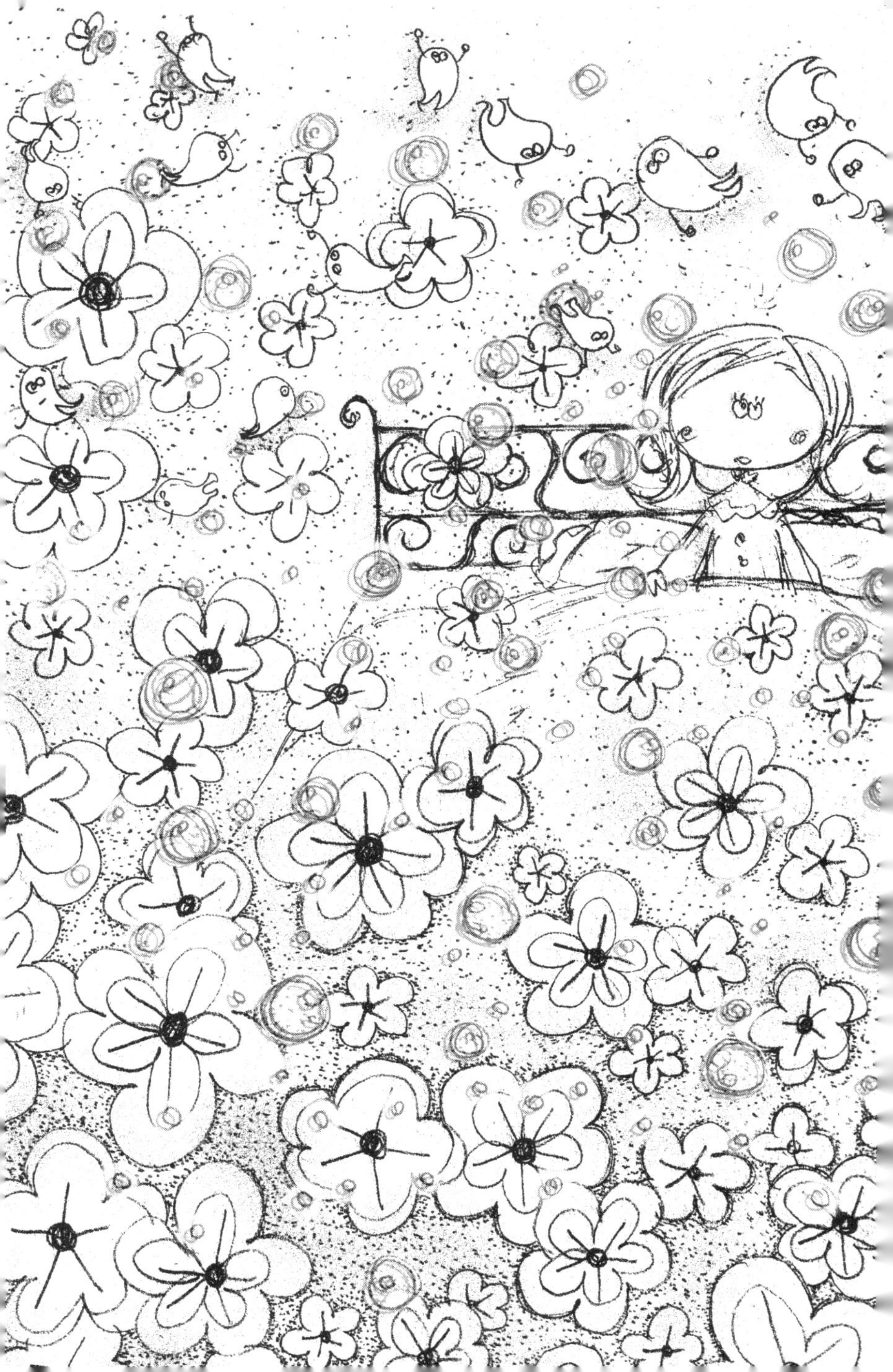

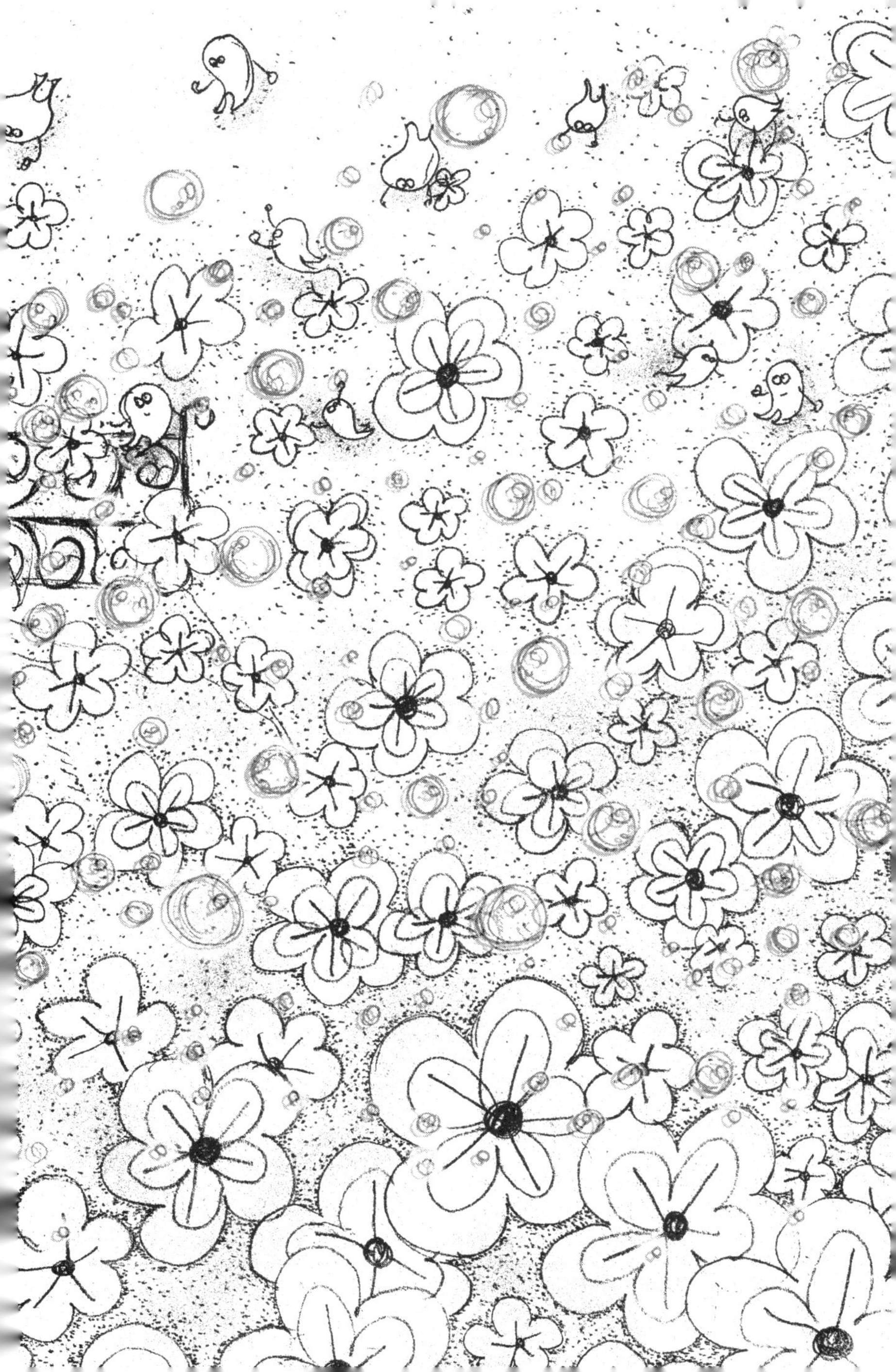

12月9日
逆さまの国

　ニラブーたちは、わたしの住む横穴を駆け抜けた。わたしの隣りに住んでいるおじいさんが、向こうからこちらを見ていた。おじいさんの心の声が聞こえてきた。
「お前の言うとおりじゃ。昔、わしは魔術師じゃった。闇に堕ちた魔術師じゃがな。」
　おじいさんは、枯れることのない魔術の力を探すうち、何もかも失ったのだという。
「わしは死んだら、木が逆さまに生えた国へ行く。その国は、根っこが葉のように茂り、緑が地面に埋まっているという。その先はどうなるかわからない。しかしわしには、この道のほかに選択の余地はない。お前に杖を渡すことができたのだけが救いじゃ。またどこかで会おう……。」
　隣りのおじいさんは、息を引き取った。おじいさんの魂は遠くへ飛んで見えなくなった。

１２月１０日
精霊の住みか

　黄色いニラブーたちは、見覚えのある道を飛んでいた。ニラブーたちの先頭を、リム君が走っていた。この道は、前にリム君が案内してくれた不思議な道だった。
「スプー、羽をありがとう。」
　リム君の心の声が聞こえてきた。
　リム君とわたしは、地下の迷路を、光の速さで走り抜けた。いつのまにか、黄色いニラブーたちといっしょに、遠い異次元にいた。そこは生も死も超えた、精霊の住みかだった。見たこともない色とりどりのニラブーたちが、楽しそうに飛びまわっていた。
　異次元は、ほんの一瞬で消えてなくなった。
　気がつくとわたしは、パンジーの部屋にいた。
　パンジーは、目を覚ましてベッドの上で、ぼんやり座っていた。目には落ち着きが戻っていた。パンジーは、不思議そうに、わたしをながめた。マネージャーの姿は見当たらなかった。どうやら逃げてしまったらしい。
　わたしはパンジーに、「元気でね」と言って、部屋を出た。

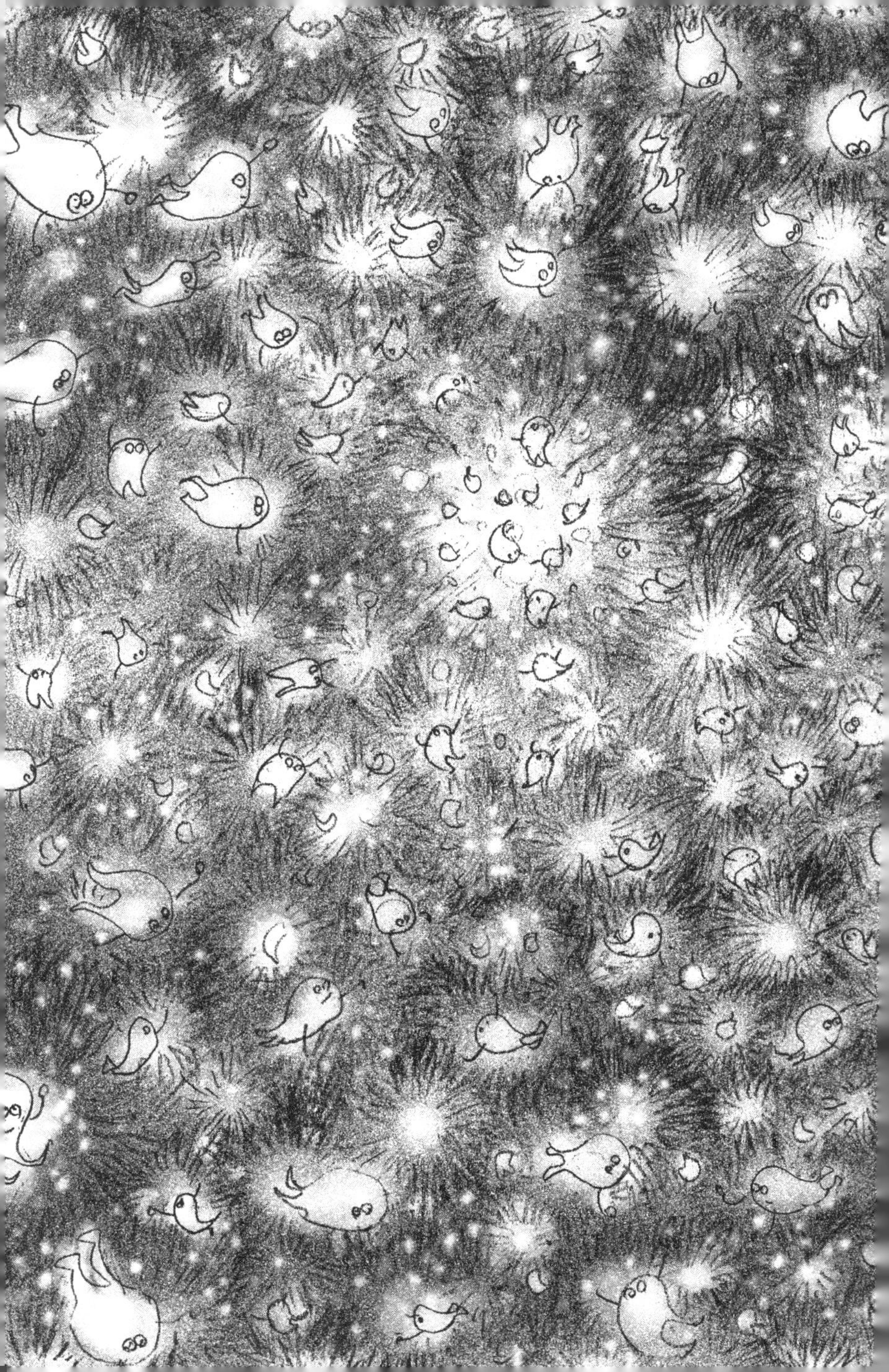

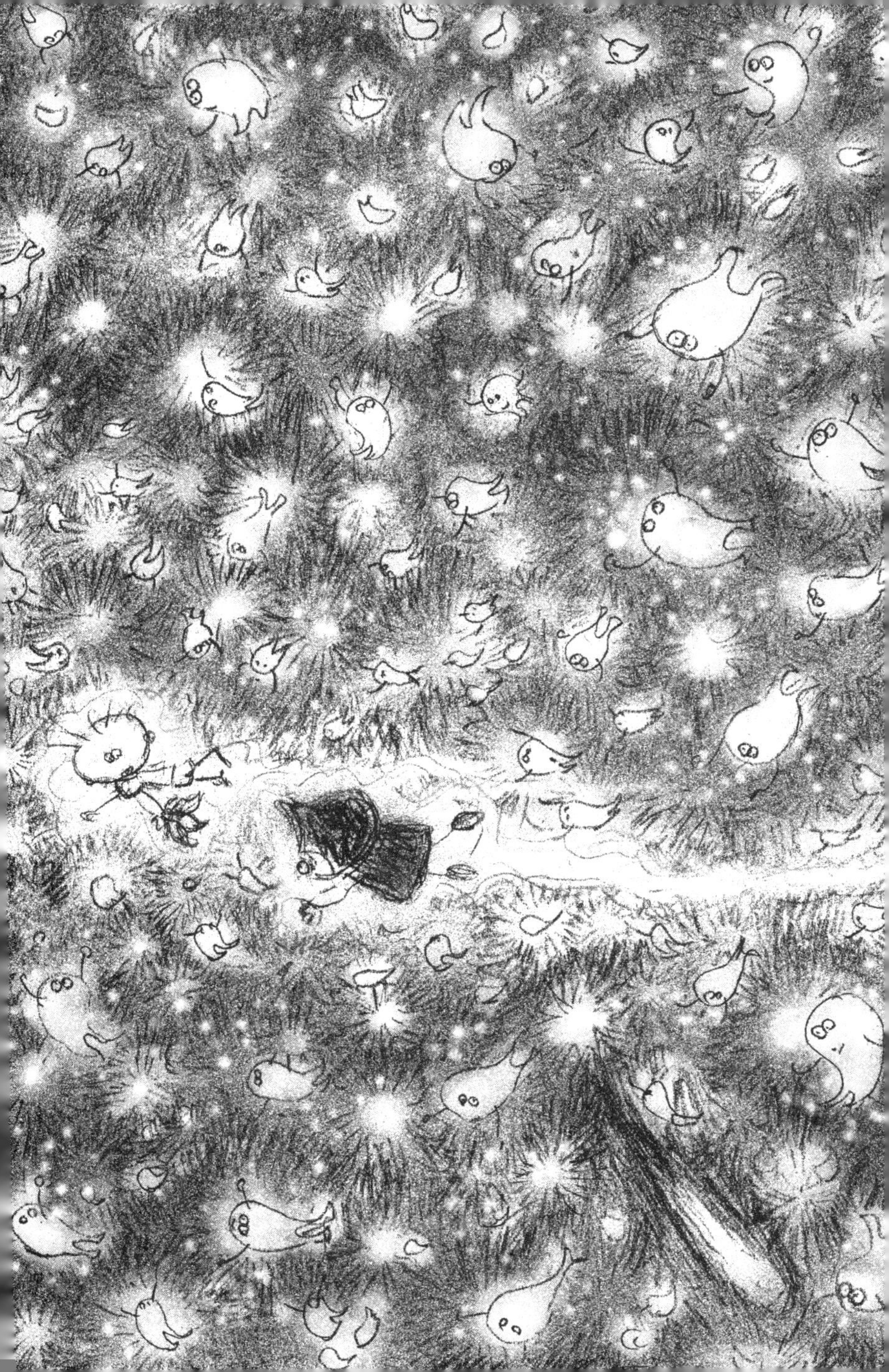

12月11日
地下を出る

　わたしは翌朝、寝床を片づけると、荷物をまとめた。荷物は少なかった。増えたのは新しい杖と、クリスタルのペンダントだけだった。お金は完全に底をついていた。

　わたしは地下のみんなに別れの挨拶をした。みんなは、餞別にお金や食べ物をくれた。何度ありがとうと言っても、足りなかった。わたしはいつか、下の人たちに恩返しをする誓いを立てた。

「いつか、スプーの住む町に行ってみたいな。」

　リム君は言った。

　わたしの隣りには、誰にも見えないマスターがいた。わたしはマスターといっしょに、キラキラ光るビルの谷間を歩いて行った。

　どこを歩いても、青い空に浮かぶ太陽が見えた。

173

なかひら まい

1970年生まれ。セツ・モードセミナー卒業後、雑誌、書籍、インターネットなどでイラスト作品を発表。2005年12月に『スプーと死者の森のおばあちゃん〜スプーの日記』を刊行し作家活動を開始、07年6月『スプーの日記2　暗闇のモンスター』を出版する。現在は日本古代史にも探求の領域を広げている。

STUDIO M.O.G.

なかひらまいを中心としたコンテンツ制作会社。なかひらまいのあらゆる活動のプロデュース、サポートを担当している。これまで映画コラム『SKUNK and HUGO GO TO MOVIES！』、ケータイコンテンツ『ドレミカフェ』などを制作。他にビーチサッカーやクラシックコンサートなどのイメージキャラクターなども手がける。
URL http://www.studiomog.ne.jp

スプーの日記
3
地下鉄の精霊

2008年1月8日　初版第1刷発行

著　者　なかひら　まい

監　修　STUDIO M.O.G.

発行者　工　藤　秀　之

編集者　中　嶋　　　廣

発行所　株式会社トランスビュー
東京都中央区日本橋浜町 2-10-1-2F
郵便番号 103-0007
電話 03-3664-7334
URL http://www.transview.co.jp
振替 00150-3-41127

印刷・製本　中央精版印刷株式会社

装幀　クラフト・エヴィング商會
［吉田篤弘・吉田浩美］

©2008　STUDIO M.O.G.
ISBN978-4-901510-56-1　C0093

なかひらまい『スプーの日記』シリーズ

スプーと
死者の森のおばあちゃん

魔術師になりたいスプーは修行にはげみ、ついに死者の森でおばあちゃんと出会う。しかし、その森は何かが変だった。——魔術の修行は、自分の心の奥への旅だ。1600円

スプーの日記２
暗闇のモンスター

神さまや精霊たちが棲む神聖な森を、別荘のために切り拓くなんて、私は自分の耳を疑った。——どんなに危険な魔術でも、使わなければいけないときがあるんだ。1600円

(税別)